Angela Borgia

Conrad Ferdinand Meyer

Alpha Editions

This edition published in 2022

ISBN : 9789356711136

Design and Setting By
Alpha Editions
www.alphaedis.com
Email - info@alphaedis.com

Contents

Erstes Kapitel

Als die Angetraute des Erben von Ferrara, welche die Tochter des Papstes und Donna Lukrezia genannt war, von ihrem Gatten, Don Alfonso von Este, im Triumph nach ihrer neuen Residenz geholt wurde, ritt sie, während er den glänzenden Zug anführte, in der Mitte desselben auf einem schneeweißen Zelter unter einem purpurnen Thronhimmel, den ihr die Professoren der Universität zu Häupten hielten.

Die würdigen Männer schritten feierlich je vier an einer Seite des Baldachins, neben welchen andere acht gingen, um sie an den vergoldeten Stangen abzulösen und ihrerseits des Dienstes und der Ehre teilhaftig zu werden. Hin und wieder erhob der eine und der andere den sinnenden Blick auf die zartgefärbte, lichte Erscheinung im wehenden Goldhaar. Der Professor der Naturgeschichte erforschte und bedachte die seltene Farbe ihrer hellen Augen und fand sie unbestimmbar, während der Professor der Moralwissenschaften, ein Greis mit unbestechlichen Falten, sich ernstlich fragte, ob auf dem unheimlichen, mit Schlangen gefüllten Hintergrunde einer solchen Vergangenheit ein so frohes und sorgenloses Geschöpf eine menschliche Möglichkeit wäre, oder ob Donna Lukrezia nicht eher ein unbekannten Gesetzen gehorchendes, dämonisches Zwitterding sei. Der dritte, ein Mathematiker und Astrolog, hielt die Fürstin für ein natürliches Weib, das nur, durch maßlose Verhältnisse und den Einfluß seltsamer Konstellationen aus der Bahn getrieben, unter veränderten Sternen und in neuer Umgebung den Lauf gewöhnlicher Weiblichkeit einhalten werde.

Der vierte, ein Jüngling mit krausem Haar und kühnen Zügen, verzehrte die ganze schwebende Gestalt vom Nacken bis zur Ferse mit der Flamme seines Blickes. Das war Herkules Strozzi, Professor der Rechte, und trotz seiner Jugend zugleich der oberste Richter in Ferrara. Wäre es nicht seine Fürstin gewesen, er hätte sie als florentinischer Republikaner vor sein Tribunal geschleppt, aber gerade dieser strahlende rechtlose Triumph über Gesetz und Sitte nach so schmählichen Taten und Leiden riß ihn zu bewunderndem Erstaunen hin.

Unangefochten von diesem Gedankengefolge, aber es leicht erratend, klar und klug, wie sie war, verbreitete die junge Triumphatorin Licht und Glück über den Festzug mit ihrem Lächeln. Doch auch sie hing unter ihrer lieblichen Maske ernsten Betrachtungen nach, denn sie erwog die Entscheidung dieser sie nach Ferrara führenden Stunde, welche die Brücke zwischen ihr und ihrer gräßlichen Vergangenheit zerstörte. Diese würde noch hinter ihr drohen und die Furienhaare schütteln, aber durfte nicht nach ihr greifen, wenn sie selbst sich nicht schaudernd umwandte und zurücksah, und solche Kraft traute sie sich zu.

Eine zarte Pflanze, aufwachsend in einem Treibhause der Sünde, eine feine Gestalt in den schamlosen Sälen des Vatikans, den ersten Gatten durch Meineid abschüttelnd, einen anderen von ihrer Brust weg in das Schwert des furchtbaren und geliebteren Bruders treibend, hatte Lukrezia Mühe gehabt, in den Kreuzgängen der Klöster, wohin sie sich mitunter nach der Sitte zu mechanischer Buße zurückzog, die einfachsten sittlichen Begriffe wie die Laute einer fremden Sprache sich anzulernen; denn sie waren, ihrer Seele fremd. Höchstens geschah es, daß ihr einmal ein Buße predigender Mönch, den dann der Heilige Vater zur Strafe in den Tiber werfen ließ, eine plötzliche Röte in die Wangen oder einen Schauder ins Gebein jagte. Mit der von ihrem unglaublichen Vater ererbten Verjüngungsgabe erhob sie sich jeden Morgen als eine Neue vom Lager, wie nach einem Bade völligen Vergessens. Dergestalt verwand sie ohne Mühe, was eine gerechte Seele mit den schwersten Bußen zu sühnen für unmöglich erachtet, was sie zur Selbstvernichtung getrieben hätte. Und wenn sie nach einer unerhörten Tat verfolgende Stimmen und Tritte der Geisterwelt hinter sich vernahm, so verschloß sie die Ohren und gewann den Geistern den Vorsprung ab auf ihren jungen Füßen.

Nur ihr Verstand, und der war groß, überzeugte sie durch die Vergleichung der römischen Dinge mit den Begriffen der ganzen übrigen, der lebenden und der vergangenen Welt, oder durch ein irgendwo gehörtes männliches Urteil, oder durch das von ihr wahrgenommene Erschrecken eines Unschuldigen bei ihrem Anblick—ihr Verstand allein überführte sie nach und nach von der nicht empfundenen Verdammnis ihres Daseins, aber allmählich so gründlich und unwidersprechlich, daß sie mit, Sehnsucht, und jeden Tag sehnlicher, ein neues zu beginnen und Rom wie einen bösen Traum hinter sich zu lassen verlangte.

Ihr Begehren, dessen Heftigkeit sie verbarg, erfüllte ihr dritter Gemahl, der Erbe von Ferrara.. Beim Anblick dieser ruhigen, geschlossenen Miene hatte sie sich gesagt: Jetzt ist es erreicht. Mit diesem bin ich gerettet. Sicherlich kennt er meine Vergangenheit und täuscht sich darüber, so reizend ich bin, keinen Augenblick. Es kostet ihn Überwindung, mit mir den Ring zu wechseln bei dem Geschrei, in dem ich stehe, und bei seiner bürgerlichen Ehrsamkeit; wenn er sich nun aber entschlossen hat, mich zum Weibe zu nehmen zur Wohlfahrt seines Staates und um mit vollen Händen aus dem Schatze des heiligen Petrus zu schöpfen—aus welchem Grunde es sei, so wird der Mann, wie er ist, einen mutigen Strich durch meine Vergangenheit ziehen und mir dieselbe niemals vorhalten, fall' ich nicht in neue Schuld... davor aber werde ich mich wahren. Und er wird meine Gaben kennenlernen, meine Regentenkunst bewundern—Donna Lukrezia hatte schon

Fürstentümer und während der Abwesenheit des Vaters selbst die apostolische Kirche verwaltet—, meine unverwirrbare Geistesgegenwart, meine Billigkeit, meine Leutseligkeit... Niemals werde ich ihm den Schatten eines Anlasses geben, Treue oder Gehorsam seines Weibes zu beargwöhnen... wenn nicht, außer wenn—eine Furche senkte sich zwischen die fröhlichen Brauen, und sie schauderte—außer wenn der Vater befiehlt; aber der sitzt in Rom—oder der Bruder ruft; aber der liegt in seinem spanischen Kerker.

Sie lächelte das Volk an, um die Schmach ihrer Abhängigkeit tief zu verstecken, kraft deren sie mit Vater und Bruder zu einer höllischen Figur verbunden war. Dann nahm sie ihre ganze Kraft zusammen, und mit einem kräftigen Ruck entschlug sie sich der Sache.

In diesem Augenblicke hielt der Zug vor einem Kastell, von dessen ausdrucksvoller Mauerkrone ein Seiltänzer herabschwebte. Sie sah das Kunststück an und sagte sich: "Du gleitest und stürzest nicht, und ich ebensowenig."

Es war ein Amor, der unten vom Seile sprang, vor ihr das Knie bog und ihr einen Myrtenkranz bot mit den huldigenden Worten: "Der keuschen Lukrezia!" Unter dem Jubel der Menge krönte sie sich und ergab sich ganz der Lust des Augenblickes.

Jetzt fuhren Blitze aus der Brüstung des runden Turmes, der sich donnernd in Rauch hüllte. Don Alfonso war ein leidenschaftlicher Liebhaber von Geschütz—ganz Kanone—und konnte sich zur Zeit und zur Unzeit des Pulverknalls nicht ersättigen. Dem Zelter Donna Lukrezias dagegen zerriß der gewaltsame Ton das feine Ohr. Er stieg, und die Fürstin glitt sanft aus dem Sattel in die Arme der Professoren, während dicht hinter ihr ein herrliches Mädchen mit krausem Haar und leuchtenden Augen ihren erschreckten Rappen ohne Zagen bändigte und beruhigte.

Neben ihr klemmte ein hagerer Kavalier mit eisernen Schenkeln die Seiten seines Pferdes. Diese höhnische Larve gehörte Don Ferrante, der bei der Vermählung in Rom Don Alfonso, seinen Bruder, vertreten hatte, und den die Ferraresen kurzweg den Menschenfeind hießen. Er hatte es sich zur Aufgabe gemacht, seiner heutigen Reisegefährtin Ferrara und das Fürstenhaus, dem er selbst angehörte, auf seine Weise zu beleuchten und auf jede zu verleiden.

Die sichere Reiterin aber war Angela Borgia, eine nahe Verwandte der Fürstin und ihr Fräulein, das sie nach Ferrara begleitete und hinter der Berückenden bescheiden die Bühne der Welt betrat.

Und dieses Theater entfaltete sich heute in ungewöhnlicher Pracht: strahlender Himmel, glänzende Trachten, öffentlicher Jubel, der festliche

Verkehr der Begünstigten und Glücklichen dieser Erde, berauschende Musik, stolzierende Rosse, reizende Frauen, verliebte Jünglinge, schmeichelnde Huldigungen, klopfende Pulse, die Welt, wie sie sich schmückt und lächelnd im Spiegel besieht, alle diese Lust und Fülle lag vor ihr ausgebreitet und wurde ihr vergällt durch den spottenden Teufel an ihrer Seite.

"Seht, junge Herrin", so höhnte er jetzt, "wie anmutig Donna Lukrezia fällt und wie sie von den Tugenden und Wissenschaften", er wies auf die Professoren, "feierlich wieder zu Rosse gehoben wird. Ich halte es mit dem Gaukler und preise ihre Keuschheit. Nur stand sie in der Familie vereinzelt und litt unter dem Zwange des Vaters und Bruders. Darum ergriff sie die Hand Don Alfonsos, um hier", er zeigte auf die nahen Türme und Kuppeln Ferraras, "einen passenderen Umgang zu finden; aber Donna Lukrezia irrt. Ohne uns mit Seiner Heiligkeit oder dem erlauchten Don Cesare messen zu wollen, sind wir Söhne des Herzogs und er selbst doch in unserer Art ein ruchloses Geschlecht, natürlich jeder von uns nach seinen Kräften und nach seinem Maße, soweit es für Laien tunlich ist.

Ihr erstaunt, daß ich hier im Zuge des Herzogs so ungebunden rede! Aber seht, Fräulein, es ist meine Charaktermaske, öffentlich zu schmähen und zu lästern, die mir der Herzog, mein Vater, erlaubt und zugesteht, insofern ich mich enthalte, mich insgeheim gegen ihn zu verschwören, eine Untugend, die von alters her im Blute der Familie versteckt ist.

Und wisset, tapferes Mädchen, damit habet Ihr mich gleich für Euch gewonnen, daß Ihr nicht fade seid, sondern, wie ich, der Wahrheit Zeugnis gebt, ohne Menschenfurcht—wenn es sein muß, auf offenem Markte. Die anderen, die da hinter uns", er wies verächtlich auf die folgenden Paare des Hofstaates, "was sind sie? Geputztes Gesindel, Schelme und Dirnen! Heuchler und Bübinnen! Nicht wert, daß sie die Sonne bescheint—mit Ausnahme selbstverständlich der hundert Maultiere, die den Brautschatz Donna Lukrezias tragen. Das sind redliche und verdiente Geschöpfe. Aber Mühe hat es uns gekostet, mich und den Bruder Kardinal, diesen Brautschatz dem Heiligen Vater und der Kirche unter den Krallen hervorzuziehen! Doch ich sagte: Entweder—oder! wie mich der Herzog, mein Vater, beauftragt hatte. Leichter gelang es uns, die Heiligkeit mit dem von unserem Vater Herkules der Braut zugestandenen Wittum hinter das Licht zu führen." Don Ferrante kicherte. "Wir schwatzten nämlich dem Heiligen Vater unsere berühmten flavianischen Güter auf, die zwar von unserem ferraresischen Fiskus verwaltet, aber ihm von dem Grafen Contrario gerichtlich bestritten werden. Ihr wißt, von dem liebenswürdigen Grafen Contrario, dem zähesten Widersprecher und Rechthaber in ganz Italien! Und das war es eigentlich, was den Herzog Herkules, unsern sparsamen Vater, an dieser Heirat am meisten erfreut hat. So wurde alles nach Gerechtigkeit geordnet! Und mit welcher Wollust schrieb ich nach der Vermählung die Depesche für den harrenden Kurier: Mitgift zugestanden. Heiligkeit überlistet. Donna Lukrezia getraut und gar nicht unheimlich. Das wollte sagen: diesmal trägt sie kein weißes Pülverchen in der Tasche. Und wirklich, ich glaube, Bruder Alfonso darf heute abend ohne Gefährde sein Haupt mit diesem Goldhaar", er wies mit dem Spitzbart unter den Thronhimmel, "auf dasselbe Kissen legen."

Diese Anspielung auf die Giftmischereien der Borgia preßte dem Mädchen eine Träne aus, die sie zornig von der langen Wimper schüttelte. "Eure Zunge meuchelt, Don Ferrante!" sagte sie.

Angela Borgia stammte aus einer Seitenlinie des berühmten spanischen Geschlechtes und wurde, nachdem sie, wie viele Kinder ihrer Zeit, frühe auf tragische Weise beide Eltern verloren hatte, mit anderm weiblichen Edelblut in einem Kloster des Kirchenstaates eher aufgenährt als erzogen. Als beschützte Verwandte des Papstes erfreute sie sich der Bevorzugung der Nonnen und der Führerschaft unter den Gespielinnen.

Es bestand damals eine seltsame, von den grellsten Widersprüchen gepeitschte Welt, die selbst einem italienischen Mädchen, das sonst alles, was Wirklichkeit besitzt, unbefangen angreift und durchlebt, ernstlich bange machen und Kopf und Herz verwirren konnte. Der jungen Angela wurde in Bild und Predigt eine sittliche Schönheit und Vollkommenheit vorgehalten, deren irdischer Vertreter, der Greis, auf welchem, wie der gleichzeitige Sultan sich ausdrückt, das Christentum beruhte, milde gesagt, ein entsetzlicher Taugenichts war, über dessen Ruchlosigkeiten die Schwestern weinten und die Schlimmsten ihrer Gespielinnen insgeheim sich lustig machten.

Angela aber erschrak und brachte es nicht über sich, das Leben als einen Widerspruch zu verspotten.

Sie begann nun, sich schwere Bußen und Geißelungen aufzuerlegen zugunsten ihres Verwandten, des Heiligen Vaters, und ihrer Base Lukrezia, von welcher im Kloster gleichfalls mit geheimen Seitenblicken des Abscheues geredet wurde. Von diesen Peinigungen brachten sie die verständigen Schwestern indessen bald zurück, indem sie ihr vorhielten, alle ihre Anstrengungen wären einem solchen Unmaß der Sünde gegenüber gänzlich unzureichend und vergeblich.

Dafür entwickelte sich in Angela gegen die herrschende Nichtswürdigkeit ein Bedürfnis verzweifelter Gegenwehr und, mit einem zarten Flaum auf den Wangen und dem Feuer ihrer Augen, eine gewisse ritterliche Tapferkeit, nicht nach dem duldenden Vorbilde ihrer weiblichen Heiligen, sondern mehr nach dem kühnen Beispiel der geharnischten Jungfrauen, die in der damaligen Dichtung umherschweiften, jener untadeligen Prinzessinnen, die sich der Schwächen ihres Geschlechtes schämten und welche zu handeln und sich zu verteidigen wußten, ohne dabei die Grazien zu beleidigen.

So erwuchs Angela kraft einer edeln Natur zu einem widerstandsfähigen und selbstbewußten Mädchen, zu dem, was das Jahrhundert in lobendem Sinne eine Virago nannte.

Nun begab es sich an einem Sommertage, daß aus dem Dunkel des Eichwaldes, der den Fuß des das Kloster tragenden apenninischen Felsens umnachtete, auf weißem Zelter eine helle Waldfee mit ihren Gespielen, oder vielleicht Göttin Diana mit ihrem Jagdgefolge, oder gar die erlauchte Donna Lukrezia mit ihren Frauen emporstieg und an die Pforte klopfte.

Wirklich, es war diese. Sie wurde von der Äbtissin empfangen, der sie die Hand küßte und von welcher sie gesegnet wurde. Dann ließ sie sich die Nonnen und die Klosterzöglinge vorstellen und richtete an jede holdselig das ihr nach Rang und Stand gebührende Wort mit einer wohllautenden Stimme, die noch lange nachklang, nachdem sie gesprochen hatte. Zuletzt nahm sie Angela beiseite, und, Hand in Hand mit ihr durch einen Lorbeergang des Gartens auf und nieder wandelnd, sagte sie ihr fröhlich, daß sie die Verlobte des Thronerben von Este sei, und daß sie Angela als ihre Verwandte und ihr Hoffräulein nach Ferrara mitnehmen werde. "Base", lächelte sie, "ich will dein Glück machen. Du gefällst mir, und ich behalte dich, bis ich dich vermähle."

Ebenso vetterlich wohlwollend begrüßte sie im Vatikan, den sie mit geheimem Grauen betrat, Lukrezias furchtbarer Bruder, ein Jüngling von vornehmer Erscheinung und grünschillerndem Blick. Unbefangen mit der Base tändelnd, sagte er: "Ich werde euch beide nicht nach Ferrara begleiten, die Geschäfte verbieten es; doch möchte ich euch Don Giulio empfehlen, den ihr dort finden werdet, einen jüngern Bruder Don Alfonsos. Er ist ein bescheidener, aber hochbegabter Jüngling, nur daß er den Sinnen noch zu viel einräumt. Er wäre es aber wert, und ich möchte es ihm gönnen, daß er sich durch eine edle Frau fesseln ließe."

Und jetzt ritt Angela hinter Madonna Lukrezia, und wiederholte Kanonenschläge verkündigten die Nähe des Tores.

Don Ferrante mußte sich beeilen, wenn er noch vor dem Betreten der Stadt die Brüder in der Meinung seiner jungen Begleiterin völlig entwurzeln wollte; er ging aber rüstig ans Werk.

"Mich wundert", sagte er, "wie Donna Lukrezia, der die öffentliche Stimme oder doch die Einbildungskraft der Männer etwas Außerordentliches und Geflügeltes verleiht, mit meinem Bruder, ihrem künftigen Eheherrn, dem gewöhnlichsten aller Sterblichen, der von früh bis spät an Essen und Ofen Geschütz gießt, wird haushalten können! Venus neben dem rußigen Vulkan. Doch es mag gehen, so gut es dort ging. Sie wird seine herrlichen Fayencemalereien bewundern und ihn damit glücklich machen. Aber sie hüte sich", fuhr er fort, und seine höhnende Stimme wurde drohend, "sie hüte sich! Don Alfonso ist der Rachsüchtigste unter uns, nur daß er seine Stunde abwartet und seine Rache das Recht heißt. Doch nein, ich tue dem Bruder Kardinal unrecht. Seine Rache ist die grausamste, da er der größere Geist ist und als der uns allen Unentbehrliche keinen Prätor zu fürchten hat. Er ist der Diplomat unseres Hauses; die Fäden unserer Politik laufen alle durch seine gelenken Finger, und er kennt unsere schlimmsten Geheimnisse. Fürchtet diesen Geier, junges Mädchen!"

Ebendieser Kardinal Ippolito, der Staatsmann, die hagere Gestalt im Purpur, die gleichfalls zur Freite nach Rom gekommen und jetzt noch dort war, um mit dem Papste die Übergabe der Ländermitgift zu regeln, hatte sich viel und herablassend mit Angela beschäftigt, sie ermutigend, Ferrara mit ihrer Gegenwart zu verschönern.

Eine bange Angst bemächtigte sich Angelas. Sonne, Staub und Lärm, die vergiftenden Reden Don Ferrantes, das vor ihr aufsteigende hagere Bild des Kardinals! Ein Gefühl der Verlorenheit und Hilflosigkeit brachte das kräftige Mädchen einer Ohnmacht nahe—es entfuhr ihr ein leiser Schrei.

Da wandte sich die vor ihr schwebende Donna Lukrezia rasch nach ihr um, ein bleicher Blitz schoß aus ihren bläulichen Augen, und sie rief: "Womit ängstigt er dich, Angela? Wisset, Don Ferrante, und präget Euch ein: wer Angela zu nahe tritt, der tritt mir zu nahe. Und Lukrezia Borgia wollet Ihr nicht zur Gegnerin haben!"

Das wollte Don Ferrante von ferne nicht. Er lächelte liebenswürdig. "Keine Rede davon, erlauchte Frau! Ich tue mein mögliches, Donna Angela angenehm zu unterhalten und unserm Hause ihre Gunst zu erwerben."

"Was beschreib' ich Euch noch Schönes, junge Herrin?" fuhr er fort, nachdem sich die Fürstin wieder abgewendet hatte. "Die unvergleichlichen und verbrecherischen Augen meines Bruders Don Giulio! Ihr kennet ihn?" fragte er, da er eine Bewegung auf ihrem Gesichte sah. "Wohl nur seinem Rufe nach! Denn der ist groß. \XDCber ein kurzes aber wird er persönlich vor Euch stehen, wenn Ihr seinen Kerker öffnet, Donna Lukrezia und Ihr."

"Seinen Kerker öffnen?" fragte sie erstaunt.

"Gewiß! Und den aller Missetäter", erklärte ihr Don Ferrante lustig. "Donna Lukrezia wird durch ihr Erscheinen die Verbrecher unschuldig machen. Solches ist in Ferrara Herkommen bei jeder fürstlichen Vermählung und durchaus keine Allegorie. Es sind wirkliche Verbrecher, und sie werden auch tatsächlich freigelassen, so daß wir während der Feste wohl daran tun werden, unsern Schmuck festzuhalten und nachts nicht ohne Fackeln und Bewaffnete auszugehen."

"Was hat denn Don Giulio verbrochen?" fragte sie.

"Oh, nichts! Er hat mit seinen Augen ein Weib bezaubert und ihrem Manne den Degen durch die Brust gerannt."

"Schmachvoll!"

"Er ist ein ungezogener Knabe! In den Weingarten des Lebens eingebrochen, reißt er, statt sich ordentlich eine Traube zu pflücken, deren, so viele er mit beiden Händen erreichen kann, vom Geländer, zerquetscht vor Gier die süßen Beeren und besudelt sich mit dem roten Safte Brust und Antlitz."

Und mit diesem frevlen Jüngling hatte sie Don Cesares Gedanke zusammengestellt!

Wieder donnerten die Stücke. Beim Schalle der Zimbeln und Pauken ging es durch das Tor. Die Professoren beschleunigten den Schritt, und bald langte Lukrezias Triumphzug vor dem Schlosse an, unter dessen schwerem Bau die Kerker lagen.

Der herantretende alte Herzog hob die Fürstin vom Pferde und schritt mit den Neuvermählten und Angela die Stufen hinunter nach der tiefen Pforte. Dort stand der Kerkermeister und überreichte Donna Lukrezia auf einem Sammetkissen einen gewaltigen verrosteten Schlüssel. Sie ergriff ihn, und die Tür, kaum von ihm berührt, drehte sich in den Angeln und sprang wie durch Zauber weit auf. Jetzt brach die Schar der Gefangenen hervor, Lukrezia zu Füßen stürzend und ihr die Hände küssend. Alle hatten sie sich zuvor gereinigt, und ihre leidenschaftliche Dankgebärde ermangelte nicht des Anstandes. Doch gab es unter ihnen erbarmungswürdige Jammergestalten und abschreckende Verbrechermienen.

Zuletzt, nachdem der Kerker sich seines ekeln Inhalts entleert hatte, stieg noch ein Jüngling von edelster Bildung mit gekreuzten Armen die dunkeln Stufen empor. Ans Tageslicht tretend, erhob er die Hände, als ob er die Sonne begrüße; dann beschirmte er mit ihnen die Augen, als blende ihn der scharfe Strahl oder die Schönheit der oben stehenden beiden Frauen. Ein Knie vor Donna Lukrezia beugend, bedankte er sich bei ihr mit den Worten: "Erlauchte Frau und Schwägerin, ich begrüße in Euch die Barmherzigkeit, die jedes weibliche Herz bewohnt, und die fürstliche Gnade, vor welcher die Fesseln fallen."

Mit diesen und noch schöneren Reden huldigte er der neuvermählten Fürstin, dann richteten sich seine Augen, die wirklich in ihrer tiefen Bläue unter dem edeln Zuge der dunkeln Brauen von seltenem Zauber waren, auf die jüngere Borgia, und er erstaunte aufrichtig über die strenge Haltung des kaum erwachsenen Mädchens.

"Doch, rettende Fürstin", fuhr er fort, "wen bringt Ihr in Euerm Gefolge? Ist es die Göttin der Gerechtigkeit, besänftigt durch die Göttin der Huld?"

Angela war schon von der Reise und durch die Bosheiten Don Ferrantes aufgeregt; jetzt empörte sie das Gaukelspiel der Begnadigung des Sünders durch die Sünderin und der Flitter der Phrase. Wie sie nun gar in den Born dieser wunderbaren Augen blickte, wurde sie von Zorn und Jammer aufs tiefste erschüttert. Ihre innerste, starke Natur überwältigte sie, und jede Verschleierung abwerfend, trat ihr Wesen unverhüllt hervor. Ihre redlichen Augen richteten sich auf die seinigen, und es bewegte sich etwas Undeutliches auf ihren ausdrucksvollen Lippen.

"Was meint die Herrin?" fragte Don Giulio.

Da brach es hervor. Angela sprach deutlich vor den hundert und hundert Zeugen, und ihre Stimme klang über den Platz: "Schade, jammerschade um Euch, Don Giulio! Fürchtet Gottes Gericht!"—Ein großes Schweigen entstand.

Und noch einmal erscholl die Stimme des Mädchens über Don Giulio:

"Schade um Euch!" Seltsam! Die Ferraresen teilten vollständig Angelas Gefühl und Urteil über das verwerfliche und gefährliche Treiben des Fürstensohnes, das Bedauern seiner Entwertung und ihr Leid um ihn, den sie liebten um seiner Schönheit und Anmut willen.

Rings erhob sich ein Gemurmel und Echo: "Schade! Sie hat recht! Es ist wahr! Schade um ihn!"

Donna Lukrezia aber ergriff die Hand Angelas, wie die ältere Schwester die einer jüngeren, welche sich etwas Unziemliches hat zuschulden kommen lassen.

"Wie kannst du dich so vergessen?" sagte sie und führte die Bewegte hinweg, die vor Scham und Aufregung in ein krampfhaftes Schluchzen ausbrach, worüber auch der bisher gelassen gebliebene Don Giulio die Haltung verlor.

Zweites Kapitel

Da, wo der weite Park von Belriguardo in die ferraresische Ebene ohne Grenzmauer verläuft, saßen auf einer letzten verlorenen Bank im Schatten einer immergrünen Eiche zwei, die, aus Haltung und Miene zu schließen, voneinander Abschied nahmen.

Bald legte der junge, in die schwarze Tracht von Venedig gekleidete Mann die Hand beteuernd auf das Herz, bald betrachtete er die still in sich versunkene Gestalt Lukrezias, wie um sie sich auf ewig einzuprägen.

"So gehet Ihr denn, Bembo", sagte sie, "und ich halte Euch nicht, da Ihr damit erfüllet, um was ich Euch bat, ohne es auszusprechen. Ihr geht, und wie lange wird es dauern, bis Ihr mich vergesset!"

"Donna Lukrezia", erwiderte der Venezianer bewegt, "wie lange ich Euer gedenken und Euch lieben werde, wahrlich, das ist mir verborgen, denn ich kenne nicht meine Todesstunde."

Er sagte es mit so trauriger Zärtlichkeit in der Stimme, daß die Herzogin gerührt erwiderte: "Um mein Andenken in Euch zu erhalten, sollt Ihr etwas von mir mit Euch nehmen, mein Freund", und sie winkte eine schlanke, dunkle Mädchengestalt heran, die am Waldsaum auf und nieder schritt, wohl um die Herrin vor sich selber zu hüten, oder um das Nahen eines unwillkommenen Zeugen zu verraten.

"Setze dich neben mich, Angela", sagte sie, "und schneide mir eine Locke vom Haupt!" Sie öffnete ihr Gurttäschchen, zog daraus ein kleines, scharfes Messer mit goldenem Griff hervor und bot es Angela, die, den Befehl ausführend, ihr vom Überflusse eine flutende Locke raubte.

Die Fürstin suchte nach einer Hülle, um den Ringel hineinzulegen, fand aber nichts als in derselben Gurttasche eine in Gold und gepreßtes Leder gebundene Ausgabe der sieben Bußpsalmen, ein beliebtes Handbüchlein der damaligen Hofwelt. Unbefangen legte sie ihre Locke hinein und reichte Bembo das Liebespfand. Dieser drückte es an die Brust, dann an den Mund und dankte für den süßen Kern in der herben Schale mit einer seelenvollen Miene, durch welche sich ein ganz leises, ironisches Lächeln schlich.

"Schreibt mir", sagte sie dann, "durch sichere Gelegenheit, jedesmal, wenn Ihr ahnet, daß mir Gefahr droht und ich Eures Rates bedarf. Bleibet um mich, auch in der Ferne! Ich weiß, Ihr verlasset mich nicht, nachdem Ihr mir geholfen habt, den Bau meines neuen Glückes in Ferrara aufzurichten."

"Es war eine Freude", erwiderte Bembo, "Eure klugen Hände bauen zu sehen. Euer Werk ist untadelig und schwer zu erschüttern. Ich frage mich noch mit schmerzlichem Zweifel: Fordert Eure Sicherheit von mir das

Opfer, daß ich Ferrara meide und mich Eurer Gegenwart beraube, die wie eine goldige Luft das ganze Dasein erhellt und verklärt?"

"Das habe ich vom Vater", sagte sie harmlos.

Der feine Venezianer zog die Brauen zusammen.

"Die Bande Eures Blutes und der Dämon Eures Hauses sind Eure Gefahr", seufzte er. "Und darum verlasse ich Euch ungern. Dennoch ist es besser, ich gehe. Eure Sicherheit, Madonna, ruht auf dem Vertrauen, das Don Alfonso Euch schenkt. Unsere geistige Liebe würde er kaum beargwöhnen, sachlich, wie er ist; und doch ist es besser... wer liebt, der opfert sich."

"Es ist besser", bestätigte sie leise.

"Erlaubt mir nun zum Abschied, geliebte Frau, ein freies und schützendes Wort!" bat er. "Die Verhältnisse liegen vor Euch im Licht Eures scharfen Verstandes, aber dieser helle Tag reicht nur bis an den Schattenkreis, wo Eure Liebe zu Vater und Bruder beginnt."

Hier entfärbte sich Lukrezia, und ihr bleiches Auge erstarrte zu einem Medusenblick.

"Zürnet nicht, Madonna", rief Bembo. "Weiß ich doch, wie Ihr als unschuldiges Kind in diese schwere Verstrickung gerietet! Reden muß ich zu Euerm Heil. Erinnert Euch: Jahre waren vergangen seit Euerm Einzug, Euer Gemahl war regierender Herzog geworden, Ihr hattet Wurzeln geschlagen in Ferrara und die Liebe des Volkes gewonnen; da starb Euch der Vater. Ihr aber ergabet Euch maßloser Trauer und unendlichen Tränen, bis ich kam und Euch ins Ohr flüsterte: Ihr beleidigt mit Euern Tränenergüssen Don Alfonso und vergesset die unleidlichen Dinge, denen er Euch entriß."

Lukrezia hörte ihm aufmerksam zu, und ihr Verstand mußte ihm gegen ihr leidenschaftliches Gefühl recht geben.

"Wenn dergestalt Euer Urteil über den weiland Heiligen Vater ein verblendetes ist, so entsteht jetzt, da er dahingefahren, für Euch daraus kein Unheil mehr. Ein anderes aber ist es mit Cäsar, Euerm furchtbaren Bruder: er lebt und besitzt noch seine Drachenkraft. Er ist ein Jüngling und wird sicherlich heute oder morgen seine Fesseln durchfeilt haben und wieder aus dem Orkus steigen, um ganz Italien zu verwirren. Diese schwarze Klippe bedroht Euere Barke; möge sie nicht daran scheitern! Das Wiederkommen Cäsars ist Eure Schicksalsstunde. Und Ihr werdet—" er besann sich, ob er ihr die bittere Arznei erspare, fuhr aber mit entschlossener Liebe fort: "wehe Euch, Ihr werdet folgen, wenn Euch Don Cäsar ruft. Ihr werdet dem Teufel gehorchen, wie sie erzählen, daß Euer Vater auf dem Sterbebette sagte: 'Du rufst, ich komme'."

Lukrezia bekreuzigte sich.

"Teure Herrin!" Bembo machte eine Bewegung, ihr zu Füßen zu fallen, hielt sich aber zurück, da die wandelnde Angela sich gerade nach ihnen umwandte.

"Ich beschwöre dich, Lukrezia", flüsterte er, sich zu ihr beugend, "sobald diese gefährlichen Stunden kommen und du fühlst, daß du die Herrschaft über dich verlierst, so wirf dich vor dem Herzog nieder und bekenne, daß du sein Verbot übertreten willst, denn sicherlich wird er seinen Untertanen bei Todesstrafe verbieten, mit Cäsar zu zetteln, dessen Erscheinung Italien wie ein Erdbeben erschüttern würde... Doch ich beschwöre Euch vergeblich, Madonna! Denn ich weiß, Ihr werdet die Zügel verlieren, Ihr werdet des Herzogs Verbot unter die Füße treten."

"Werde ich?" fragte Lukrezia, wie abwesend. Doch erschien ihr glaublich, daß sie es tun werde, denn sie kannte ihre Bande.

"Herrin", schluchzte der Venezianer, "wann immer ich erfahre, Cäsar sei aus dem Kerker gebrochen, ich eile auf Windesflügeln nach Ferrara und umklammere Euch, daß Ihr ihm nicht in die Arme stürzet—doch käme ich zu spät, so gedenket meines Rates, sobald Ihr Euch wieder besitzt und besinnet. Schützet und berget Euch vor der Strafe des Herzogs an seinem Herzen. Und habt Ihr menschliche Werkzeuge angewandt, um Euch mit dem Bruder zu verbinden, opfert sie unbedenklich und gebet sie der Rache des Herzogs preis.—Der Herzog liebt Euch…"

"Ich glaube, daß er mich liebt", sagte Lukrezia, sich wieder erhellend.

"Seid dessen gewiß", beteuerte der Venezianer. "Jüngst an der Tafel nannte er den Namen Cäsars—nicht unabsichtlich—und sprach von einem dunkeln Gerüchte seiner Entweichung. Dabei beobachtete er Euch scharf... Ihr bliebet ruhig, nur Eure Hand zitterte, die den Becher hielt, daraus Ihr schlürftet. Er betrachtete Euch lange, doch wohlwollend und wie mit der gerechten Erwägung, was Eurer Natur gemäß und welcher Widerstand Euch möglich sei. Gewiß, er wird Euch halten und retten, wenn Euch nicht das Verhängnis gewaltig fortreißt."

Die Herzogin, die wieder völlig heiter war, sagte jetzt mit wunderbarem Leichtsinn: "Ich werde Eure Sorge beherzigen. Aber, Freund, nun genug von mir! Spendet mir lieber einen Rat für jene dort—", sie blickte nach der wandelnden Angela, "die mir in weit näherer Gefahr zu schweben scheint. Seht hin!"

Ein schreiender Raubvogel erhob sich aus dem Walde und kreiste über den Wiesen. Zugleich rauschte es im Gebüsch, und ein hagerer, in Purpur gekleideter Mann trat auf Angela zu, wandte sich aber, Bembo neben der Herzogin entdeckend, grüßend an diese.

"Ihr findet uns, Eminenz", sagte die Herzogin unbefangen, "wie sich mein liebenswürdiger venezianischer Besuch, den ich schwer missen werde, von mir verabschiedet."

"Ihr verlaßt uns, Bembo?" sagte der Kardinal leutselig. "Das sollte mir leid tun. Wohin gehet Ihr?"

"Nach Urbino, Eminenz."

"Um wieder zu uns zurückzukehren?... Denn uns gehöret Ihr an, und wir können Euch nicht entbehren, ebensowenig als eine andere, die man auch von uns fortsenden will."

Die Fürstin zog das neben ihr stehende Mädchen zu sich auf die Bank nieder und behielt seine Hand in der ihrigen, als nähme sie von Angela Besitz.

"Wir bilden hier einen festgeflochtenen, farbigen Kranz", fuhr er fort, "aus dem es unrecht wäre, eine Blume zu entfernen, geschweige die süßeste Knospe wegzureißen!"

Lukrezia erhob ihre Augen groß gegen den Kardinal, überlegend, ob jetzt, da Bembo noch als Zeuge hier stehe, nicht der Augenblick gekommen sei, ein längst im Finstern schleichendes Übel an die Helle zu ziehen und durch das darauf fallende Tageslicht zu vernichten.

Geistesgegenwärtig, wie sie war, besann sie sich nicht lange.

"Kardinal", sagte sie, "wenn Ihr unter der andern uns bald Verlassenden diese hier versteht, so wisset, ich trachte danach, daß sie von uns scheide. Ihr Alter ruft der Vermählung, und hier weiß ich für sie keinen Gemahl, während Graf Contrario, den Ihr kennt und der sie heimzuführen begehrt, alle Eigenschaften besitzt, die ich als die Schützerin Angelas von ihrem Manne fordern darf. So ist mein Wille; doch werde ich gern noch Eure Meinung darüber in Betracht ziehen."

Bembo wollte sich bescheiden entfernen, wurde aber durch einen Blick Lukrezias festgehalten. Sie kannte das Unberechenbare in der Natur des Kardinals und scheute seine Überraschungen.

Dieser schien die Herausforderung in den Worten der Fürstin nicht zu fühlen; er wählte, während der Venezianer sich neben den Frauen auf eine Rasenböschung niederließ, gelassen ihnen gegenüber einen bequemen Platz im Dunkel einer Kastanie, deren Stamm sich nahe dem Boden teilte, mit den üppigen Ästen den Rasen bedeckend, und begann, indem er mit dem schaukelnden Fuße nach einer flüchtigen Eidechse stieß, mit ruhigen Worten:

"Wie ich den Grafen Contrario kenne, taugt er nimmermehr für eine Borgia, denn er ist ein armer Mensch, zusammengesetzt aus peinlichen Tugenden und ewigem Widerspruch, ein Berg rechthaberischer Grundsätze, der die Maus einer knickerischen Rechenkunst gebiert, gänzlich unfähig, eine Frau um ihrer selbst willen mit Größe und Verschwendung zu lieben! Ich behaupte, seiner Werbung um dieses Schöne, dieses Liebe hier liegt ein grobes Rechenexempel zugrunde. Hier auf diese Tafel will ich es niederschreiben!"

Er zog ein Täfelchen hervor, schrieb mit dem Stift und las zugleich:

"Graf Ettore Contrario freit um die hochherzige Angela Borgia, weil er mit dem Fiskus in Ferrara einen von seinem Vater geerbten Prozeß über bedeutende, auf ferraresischem Boden gelegene Ländereien führt, den er aller Wahrscheinlichkeit nach bei den zuständigen ferraresischen Gerichten verlieren würde ohne den Schutz eines höchsten Einflusses, wie der, zum Beispiel, unserer erlauchten Fürstin, für deren einziges Lächeln der verliebte Großrichter Herkules Strozzi Ehre und Seele verkauft. Unsre Herzogin aber und ihr Sklave Herkules wären zu bestechen, wenn der vollkommene Graf die Hand dieser Unschuld begehrt, welche Donna Lukrezia aus Ferrara entfernen will, weil das junge Mädchen aufs zärtlichste und rasendste von dem Kardinal Ippolito geliebt wird, während sie selbst, als echtes Weib, unwissend und hoffnungslos für den größten Taugenichts der Erde entflammt ist.

Ohne innern Kampf wird der mäßig tapfere Graf sich nicht entschließen, zwischen diese lodernden Feuer zu greifen. Aber es ist möglich, daß seine Habsucht stärker ist als seine Feigheit. Beurteilt Ihr ihn anders, Herzogin?"

Lukrezia wunderte sich über dies freche Bekenntnis und diese verwegene Bloßlegung der Tatsachen, die ihrer eigenen Wertung der Dinge und Personen nicht allzu fern lag, welche aber nicht gelten durfte, weil sie es nicht wollte.

Ehe sie indessen antworten konnte, ergriff Ippolito, der sich nach einer von Angela aus leichten Grashalmen zusammengefügten Kette gebückt hatte, die eben ihren zitternden Händen entglitten war, wiederum das Wort:

"Wie diese Ringe verkettet sich Absicht mit Absicht, um Euch zu kuppeln, Angela Borgia; aber wie ich Euch kenne und liebe, werdet Ihr diese Kette zerreißen, wie ich dieses nichtige Geflecht! Denn", flüsterte er heiß, "Angela ließe sich eher von einem Dämon in die Hölle ziehen, wenn er sie liebte, als daß sie sich dazu darböte, die Summe eines Rechenexempels zu werden!— So rede ich, wie redet Ihr, Schwägerin?"

Er wandte sich mit einem Antlitz, das drohte und trauerte, gegen Lukrezia.

Sie antwortete fest: "Ich aber vermähle diese mit dem Grafen Contrario. Berechnend ist er—zugestanden—, wie es das Leben erfordert, doch nicht unadelig. Diese aber wird er behüten, besser als ich es vermöchte. Und was wollt denn Ihr mit Angela, Kardinal?— Euer Weib kann sie nicht werden, solange Ihr den Purpur tragt, und den werdet Ihr nicht verschleudern wollen einem Mädchen zuliebe!"

"Wer weiß, Fürstin!" entgegnete er wegwerfend. "Euer Bruder vertauschte ihn gegen ein Herzogtum, und ich achte diese für ein neidenswerteres Gut! Auch ist mir minder darum bange, daß sie sich Eurem Günstling, dem Contrario, zuwende, sie wird es nicht über sich bringen—sie versuche es nur, es wird nicht gehen! Selbst nicht, um sich vor mir zu retten!... Denn sie gibt mir innerlich recht und findet sein Bildnis getroffen! Das Dreihellergesicht ist ihr ein Ekel. Dieser tugendsame Graf also kümmert mich nicht. Eine andere Marter peinigt mich und dreht sich Tag und Nacht mit mir, wie das Rad des Ixion.—Höre mich, Mädchen!"

Angela hielt seinen fieberscharfen Blick mit erstaunten, aber mutigen Augen aus.

"Weigerst du dich meiner Liebe, so verbiete ich dir auch die jenes andern, bei seinem und deinem Leben!—Wie du wild errötest!... Ich hasse den, welchen du in deinem Herzen verbirgst! Reiße ihn heraus!... er beschmutzt den edlen Schrein... ich kann es nicht ertragen!... Erinnere dich, wer du bist, und wende dich mit Verachtung von dem, der dich in den Armen der Coramba, oder wie sonst die Dirne seines heutigen Tages heißt, beschimpft und vergißt!—Gehorche, oder es wächst Unheil!"

Mitten in dieser erhitzten Szene betrat ein Page den verlorenen Schattenplatz und bat die Herrschaften, in den Park zurückzukehren. Der versammelte Hof harre der Herzogin, und der Herzog wünsche, in seinem Kabinette den venezianischen Herrn zu beurlauben, dann aber die Eminenz zu sprechen. Den Großrichter habe er eben zu seiner Hoheit gerufen und Don Giulio auf später bescheiden müssen.

Drittes Kapitel

Im Schatten der herrlichsten Bäume wandelte die kleine Gesellschaft, die Frauen voran, der Kardinal mit Bembo harmlos plaudernd, gegen die Mine des Parkes, wo sie den in gerader Linie dem Schlosse zulaufenden Zypressengang betraten. Dieses, ein schlichtes Gebäude von nur mäßigen Verhältnissen, erhob sich auf dem Grunde eines schwülen, bleiernen Julihimmels. Eben wurde ein neuer, befestigter Seitenpavillon angebaut, von dem die hölzernen Gerüste der Maurer noch nicht entfernt worden waren.

Zu der hellen, kleinen Fassade stieg eine breite Doppeltreppe empor, und der in den Parkanlagen sich ergehende Hofstaat erblickte oben auf der Rampe den unermüdlichen Herzog, wie er, seinen müßigen Hof auf sich warten lassend, den Neubau besichtigte und, von den Werkleuten zurückgehalten, mit ihnen eifrig die Arbeit besprach.

Im Schatten der Hauptallee wandelte langsam die Herzogin, welche jetzt auf den Arm des Kardinals sich stützte, den rechts und links vom Wege gesammelten Hof begrüßend und nach sich ziehend.

Vor die beiden trat ein wohlgebildeter, mittelgroßer Mann und bemühte sich mehr noch um den Kardinal, dem er besonders ergeben schien, als um die Herzogin, so gütig sie ihm zunickte.

"Man sieht, Messer Ludovico, daß Ihr aus dem Strahlenkreise der Musen kommt, so licht ist Euer Antlitz!" sagte sie.

"Diesmal ist es eher der geistreiche Umgang meines morgenländischen Freundes, der mich erheitert", versetzte Ariost, "und, wie immer, Eure beseligende Gegenwart."

Er stellte seinen Begleiter, der, ein feinerzogener Mann, die Arme auf orientalische Weise über der Brust kreuzend, sich ernst verneigte, der Herzogin vor.

Der persische Teppichhändler Ben Emin war in Ferrara die Mode des Tages. In Venedig vorübergehend niedergelassen, wo er in der Merceria die herrlichste Ware auslegte, hatte er einen Flug nach Ferrara getan, um dem prachtliebenden Hofe seine kostbaren Gewirke zu verkaufen, und in Wahrheit nicht minder, um Ariosto kennenzulernen, aus dessen Heldengedicht—die ersten Gesänge hatten vor kurzem die Presse verlassen—er sein höheres Italienisch erlernte und überhaupt den mannigfaltigsten Genuß schöpfte; denn Ben Emin war ein Kenner, wußte seine großen persischen Dichter auswendig und liebte besonders die Moral im Prachtgeschmeide der Dichtung.

"Es ist eine ganz eigentümliche Lust, Erlauchteste", begann Ariost, "mit einem gebildeten Manne aus einer fremden Nation umzugehen, die Verschiedenheiten von Gebrauch und Sitte zu belächeln und sich an dem lieben, allgemeinen Menschenantlitz zu erfreuen, das aus den größten Unterschieden immer wieder sieghaft hervorbricht. Doch immerhin groß und wunderbar sind diese. So, zum Beispiel", scherzte er, "scheint es ein überall verbreiteter Zug zu sein, daß der Mann schenkt, wo er das Weib bewundert. Nicht so mein Perser! Ben Emin denkt anders. Er ist zwar der größte Verehrer unserer Ferraresinnen und verfolgt die raschen Bewegungen ihrer schlanken, seine Ware prüfenden Finger mit aufmerksamen und leuchtenden Augen; aber meinet Ihr, daß er der ihn am schönsten Anlächelnden ein 'Behaltet, Sonne!' oder 'Nehmet, mein Stern!' zuflüstere? Nein! Vielmehr nennt er unglaubliche Preise, so daß sich der süßeste Mund zum Schmollen verzieht. So grausam ist Ben Emin!"

Die Neckerei erregte die Heiterkeit der Höflinge; Ben Emin aber, der unter seiner Mütze von schwarzem Lammfell mit klugen Augen blickte, wendete sich würdevoll an die Herzogin:

"Wunder Italiens! Vollkommenste der Frauen!" sprach er in gutem Italienisch, "ich erwähle dich zur Richterin. Da ich Ferrara erreichte, warf ich mich dir zu Füßen, meinen schönsten Teppich vor dir ausbreitend und dich anflehend, ihn als dein Eigentum zu betreten. Du hattest die Gnade, meinen Wunsch zu erfüllen. Wäre es nun nicht eine Verkennung und Beleidigung deiner Einzigkeit, wäre es nicht eigentlicher Hochverrat, wenn ich mit undankbarem Herzen nach und neben dir andere und Geringere beschenken würde? Nicht davon zu reden, daß, was einer Fürstin gegenüber gerechte Huldigung ist, die Tugend einer niedriger Gebornen in Verruf bringen könnte. Solches aber sei ferne von Ben Emin!"

Die Hofleute beglückwünschten den Perser zu seiner Rede und gestanden sich heimlich, daß der schlaue Kaufmann Ben Emin in Ferrara nicht der Gefoppte sei.

Da die Schwüle des Hochsommertages wuchs und sich in den dichten Zypressenhecken verfing, suchte die Herzogin mit Ariost und dem Perser das große Boskett in der Tiefe des Parkes auf, wo ein Ring hoher Ulmen seine Kronen wiegte und zu einer luftigen Wölbung zusammenschloß. Hier stand in der Mitte auf einem verwitterten Marmor ein eherner Kupido, der sich mit zerrissenen Flügeln und verschütteten Pfeilen in Fesseln wand. Dieses Bild sagte in der wunderbar freien Sprache des Jahrhunderts, daß für die verheiratete Lukrezia die Zeit der Leidenschaft vorüber sei, und hier in der Runde auf den Steinbänken pflegte die Gemahlin Herzog Alfonsos im Sommer Hof zu halten.

Währenddessen haschte in der verlassenen Hauptallee ein Jüngling einen anderen, der ihm in das Gebüsch zu entschlüpfen suchte. Beides waren Jugendgestalten voller Kraft und Anmut, von vollkommenem Wuchs und geschmeidigen Gliedern—zwei Könige des Lebens.

"Halt' ich dich endlich, Julius!" rief der eine und legte seinem Gefangenen den Arm um den Nacken. "Ich denke, wir sind beide zum Herzog befohlen und wandeln nun diese kurze Lebensstrecke zusammen!" Er wies auf den grünen Gang mit dem Schloß am Ende.

"Sie ist lang, Herkules", seufzte Don Giulio, "und gewährt dir Raum zu einer rednerischen Leistung; doch ich leide mein Schicksal."

"Mein Freund", begann Strozzi, "ich werde nicht predigen, teils weil ich von der Eitelkeit solcher Zusprüche im allgemeinen und ihrer Vergeblichkeit dir gegenüber insbesondere überzeugt, teils weil ich zum Herzog gerufen bin, ich fürchte, um mit ihm das jüngste Ärgernis zu betrachten, das du in deinem Pratello gegeben hast, wovon ihm der umständliche Bericht des Polizeihauptmanns Zoppo vorliegt: Tumult, Blasphemie, Entführung, Blut, Gewalttat, mehrere Tote!"

"Oh, so stand es nicht im Programm. Es war ein klassisches Bacchusfest beabsichtigt. Du hättest nur die Coramba mit ihren wilden Reizen als Ariadne sehen sollen! Trage ich vielleicht die Schuld, daß die Krönung der Ariadne durch den Mißverstand meiner Bauern in den Raub der Sabinerinnen und in zentaurischen Mord und Totschlag ausartete?"

"Kein Wort mehr davon, Giulio! Dein ruchloser Leichtsinn könnte das treuste, das angeborne Wohlwollen erschöpfen, und ich hätte mich längst mit Ekel von dir abgewendet, so lieb du mir bist, du schönes Laster, hättest du nur die Hälfte deiner Taten gefrevelt; aber das Ganze übersteigt derart die Schranke, daß ich dich als eine Sondergestalt betrachte, welche jeden menschlichen Maßstab verspottet. Deshalb bin ich entschlossen, statt dich von neuem in Fesseln legen zu lassen, beim Herzoge deine Verbannung aus Ferrara von wenigstens einem Jahre zu beantragen. Das verkünde ich dir. Du magst in den venezianischen Kriegsdienst zurückkehren, den du nie hättest verlassen sollen."

"Ob ich nach Venedig zurückgehe", versetzte Don Giulio, "wer lebt, der erfährt's!" Und es wetterleuchtete über seine junge Stirn. "Doch ich bitte dich, mache mich Menschlichen nicht zum Unmenschen! Ich bin kein sittliches Ungeheuer—nicht einmal deine Donna Lukrezia ist es, deren farblose Augen dich bannen, daß du ihr sinnlos zustreben mußt! Die deine Einteilungen und Fächer zerstört und deine Göttin Gerechtigkeit stürzt und überwindet! Auch sie ist nicht der Dämon, vor dem du erbebst."

"Daß ich die Gesetzlose lieben muß, ist Schicksal", sagte der Richter mit einem peinvollen Lächeln. "Doch daß ich ihr zulieb' das Gesetz vergesse, das heilige Recht verletzen sollte, erscheint mir unmöglich!" Und er seufzte, schmerzlich fühlend, daß er nicht minder als sein genußsüchtiger Freund an einem giftigen Schlangenbisse dahinsieche.

"Ich sage dir ja", tröstete Don Giulio, ungeduldig bewegt von dem Schmerzensausdruck, "du übertreibst dir das Weib ins Große. Das Weib, das dich entsetzt und bestrickt, ist nicht jene Lukrezia, die dort unten lustwandelt. Du erstaunst, und deine Augen befragen mich! Nun ja, ich nehme sie natürlicher. Wo sie herstammt und wie sie aufwuchs, das wissen wir. Es scheint dir wunderbar, Prätor, daß sie die Frevel ihrer Vergangenheit verwindet ohne Gericht und Sühne. Siehst du nicht, daß es nur der Rettungsgürtel ihres vom Vater ererbten Leichtsinnes ist, der sie oben hält? Und daß sie nun über der tödlichen Tiefe hell und sorglos dem Porte der Tugend zukämpft, hältst du für dämonische Größe. Ich sage dir: mit Ausnahme der Anmut, die sie füllt bis in die Fingerspitzen, ist sie ein gewöhnliches, rasch bedachtes Weib! Ein ganz gewöhnliches Weib! Glaube mir, ein menschliches Weib!" endete der Jüngling mit einem übermütigen Gelächter.

Sie waren am Fuße des Schlosses angelangt und betraten das Freie, wo sich unter einem bleiernen Himmel in stumpfer Helle der Neptunusbrunnen erhob. Dieser stand, an das Fundament des Mittelbaues gelehnt, in dem Halbrund, das die beiden zur Schloßterrasse ansteigenden Freitreppen bildeten, und rauschte und plätscherte in der Schwüle, genährt von den Wasserstrahlen, welche das Gesinde des Meergottes aus Urnen und Muscheln in die Riesenschale herabgoß.

Der Richter wollte die nächste Treppe hinaufeilen, denn er wußte sich vom Herzog erwartet. Da wandte sich Don Giulio, dessen Arm ihn umfaßt hielt, rasch wieder gegen den dunkeln Park zurück und zog den widerstrebenden Freund mit sich.

Er hatte noch nicht ausgeredet.

Seltsam verschlangen sich auf dem hellen Kiesgrund zu ihren Füßen zwei ringende, kurze Schatten. Strozzi sah den grotesken Kampf und lachte: "Siehe, wie du mich zwingst!"

"Mein Bruder also schickt mich nach Venedig", sagte der Este, während sie noch einmal den endlosen Baumgang betraten, "derselbe Bruder, der mich unlängst aus politischen Gründen von Venedig zurückberief!"

"Hättest du die Geringschätzung in dem Lächeln seiner Mundwinkel gesehen, als er die Meldung deines augenblicklichen Gehorsams empfing! Ich stand daneben. Er hatte dich Papst Julius zu Gefallen zurückrufen müssen;

aber es war nur zum Schein: er erwartete, du würdest ihn verstehn und ihm nicht gehorchen."

Eine zornige Macht leuchtete jetzt aus den sanften Augen Don Giulios. Noch war er nicht so verweichlicht, daß es ihn nicht empört hätte, sich mißachtet zu sehen; doch verbarg er seinen Unwillen unter einem Lächeln.

"Zu klug für mich! Und dann, du weißt, ich bin kein Feldherr, nicht einmal ein Soldat", sagte er. "Ich liebe Blutvergießen nicht..."

"Und vergießest so viel, daß es dir von den Händen träufelt und deine Fußstapfen füllt!"

"Nur wenn ein Lästiger mein Vergnügen stört!" erwiderte der Este frevelmütig. "Aber was du sagst, Herkules! Ihr schickt mich wieder nach Venedig! Halb bin ich es zufrieden, halb schmerzt es mich— halb bin ich hier gebunden, halb streb' ich fort—mir selbst ein Rätsel!..."

"Das die dunkellockige Angela löst! Du suchst und fliehst sie!"

"Keineswegs", sagte Don Giulio, "sie ist mir gleichgültig. Aber seit jenem Einzug vor zwei Jahren—du warst ja dabei und nahmst dich prächtig aus als ernsthafter Träger einer goldenen Baldachinstange, da hast du es selbst gehört, wie sie mich vor allem Volke bedroht und gerichtet hat... seit jenem Tage bin ich nicht mehr derselbe! Meine Sinne taumeln, und wie ein Rasender suche, wechsle ich Mund und Becher und habe nur einen Wunsch, daß jene, die sich feindselig und kalt von mir abwendet, mir noch einmal ihr hellflammendes Antlitz zukehre und mich noch einmal bedrohe—noch stärker als das erstemal... Doch ich rede Unsinn. Sendet mich nach Venedig!"

Er schöpfte Atem. "Auch ist es gut für ihn und mich", fuhr er fort, "wenn ich dem Bruder Kardinal eine Weile aus den Augen komme. Er liebte mich einst, und jetzt beginnt er mich zu hassen auf eine unmenschliche Weise. Urteile selbst! Neulich hält er mich fest und raunt mir mit drohender Stimme ins Ohr: 'Julius, ich verbiete dir das Antlitz Angelas! Ich verbiete dir ihre Augen! Ich verbiete dir ihren Atem! Bei deinem Leben!'"

"Ich weiß", antwortete der Richter, "der Ungerechte liebt die Ärmste wütend. Und sündig wie die Welt und allmächtig, wie er auf diesem Ferrara heißenden sündigsten Fleck derselben ist, wäre sie dem Geier schon längst ohne Erbarmen zum Raube gefallen sein, wenn nicht..."

"Und du schneidest nicht dazwischen, Großrichter? Du Liebhaber und Diener der Gerechtigkeit? Rette das Mädchen! Damit wollte ich dich betrauen, mein Herkules, bevor ich nach Venedig gehe. Ich kann es nicht, denn ich würde ihr Unglück bringen..." er schwieg und träumte—"wie sie mir! Bei jener Herausforderung des Kardinals—du weißt, ich bin ein Genießender, aber kein Feigling!—wallte mein Blut, und ich hätte ihm sein wahnsinniges Verbot ins Angesicht zurückgeschleudert, hätte es sich um eine meiner Schönen gehandelt—aber ich überlegte mir", er deckte die Augen sinnend mit der Hand, "daß ich das Mädchen nicht liebe, und daß ich bei der Art meines Bruders schweres Unheil auf sie herabzöge, wenn ich mich schützend neben sie stellte. Und sie würde es nicht dulden—sie will es nicht. Sie verachtet mich, sie richtet mich—und ruft Unheil auf mich herab:—Oh, schade!"—Dann fuhr er im Zorne der Erinnerung fort: "Der Kardinal mag sein Netz über sie werfen, obwohl ich es grausam und abscheulich finde, abscheulich und hassenswert, wie diese ganze Welt, wenn ich nicht trunken bin oder einen Frauenmund küsse."

"Beruhige dich", sagte der Großrichter ernst, "es wird ihr nichts geschehen, davon bin ich überzeugt; keine Falte des Gewandes darf ihr verschoben werden, denn sie wird beschützt—von Lukrezia Borgia."

"Gut so! Ich überlasse sie dieser Heiligen", spottete der Este; "ich aber will mich in einen Myrtenschatten an eine frische Quelle setzen und darin meinen Wein kühlen... Wenn nicht der andere Bruder, Ferrante, durch die Büsche bricht, sich neben mir ins Gras wirft und mir mit seinen Verschwörungen und hochverräterischen Einflüsterungen das Ohr vergiftet, wo ich dann die Wahl habe, ob ich ihn für einen Narren oder Bösewicht oder für beides halten soll. Neulich lud er mich brüderlich ein, den Herzog, wie er sich ausdrückte, aus der Mitte zu schaffen; doch sei überzeugt, hätte ich nur halbwegs hingehorcht, der Arge wäre zur selben Stunde an mir zum Verräter geworden. Auf diese Fährte aber folge ich ihm nicht, sondern schließe ihm den Mund, denn ich verehre den Herzog und hasse die Felonie. Aber sage mir, Strozzi, hältst du Don Ferrante eines bösen Streiches für fähig um der Krone willen?"

"Es sind Tücken ohne Folge und Frucht", antwortete der Richter, "wenn nicht ungewöhnliche Lagen oder unerwartete Erschütterungen die Drachensaat verhängnisvoll zeitigen."

"Macht das unter euch aus, ihr Raubtiere", lachte der leichtherzige Julius, "und wenn ich aus Venedig zurückkehre, will ich sehen, welche Leichen auf der Hofbühne von Ferrara herumliegen. Lebe wohl, Anbeter der Gerechtigkeit, und eile dich! Der Herzog wartet."

Er umarmte den Freund und ließ ihn dann mit solchem Ungestüm fahren, daß jener taumelte. Strozzi suchte mit schnellen Schritten die Villa, und Julius schlenderte ihm gelassen nach.

Da er den Neptunusbrunnen erreichte, badete er sich, der Kühle bedürftig, das Antlitz und ließ den aus der Steinbrust eines Meerweibes springenden

Wasserstrahl gegen seine durch die vertobte Nacht entkräftete Stirn fahren. Da, während er sich das Haupt mit seinem Tuche trocknete, wurde er eines müden Strolches gewahr, der unbeweglich auf einer Steinbank im schmalen Schatten des Mauerrunds lagerte und, den Kopf auf den Ellbogen gestützt, ihn unter dem Filz hervor mit unverwandten Augen beobachtete. Jetzt sprang er rasch auf die Füße und verneigte sich mit der Begrüßung: "Ich verehre Euch, Don Giulio!"

"Bleib!" bedeutete ihn der leutselige Este, "aber rücke! Es ist Raum für zwei. Ich habe Lust zu schlummern; du bewachst mich!"

Der Bravo zeigte lächelnd die weißen Zähne und lüftete den Dolch, der ihm am Gurt hing, ein wenig in der Scheide.

"Du bist von den Leuten des Kardinals?" sagte Don Giulio. "Wie heißest du?"—Der Kardinal war als der Besitzer und Ernährer einer stattlichen Bande bekannt.

"Ich nenne mich Kratzkralle", antwortete der andere untertänig.

"Aber dein christlicher Name?"

"Vergessen. Er war auch ein bißchen stinkend geworden."

"Den neuen hat dir wohl dein Kardinal gegeben? Und wie nennen sich die andern vom Gesinde?"

"Sie heißen, mit Erlaubnis Eurer Herrlichkeit, Dornbart, Zähnefletscher, Drachenblut, Eberzahn, Grimmrot und Firlefanz. Mit mir unser sieben—wohlgezählt. Wir sind die sieben Todsünden des Kardinals, wie uns das Volk von Ferrara nennt."

"Nun kenne ich auch eure Marschordnung", sagte Don Giulio, auf den fratzenhaften Teufelsmarsch in der Danteschen Hölle anspielend, wo der Kardinal als ein Verehrer des göttlichen Dichters die Namen seiner Bande gefunden hatte.

Er brach in ein helles Gelächter aus. Don Giulio konnte noch recht kindlich lachen. Dann aber reckte er die Arme: "Wie ich müde bin!"

Er warf sich auf die Bank nieder, ohne die Berührung des anderen zu scheuen, suchte seine Lage und war entschlummert.

Der Bandit betrachtete ihn und murmelte liebevoll: "O du schöne Jugend!"

Zuerst versank der Müde in eine traumlose Tiefe, Vergessen schlürfend in langen, durstigen Zügen; dann öffnete sich langsam sein inneres Auge, und daran vorüber eilte, aufdämmernd, eine flüchtige Jagd, ein hastiges Gedränge bacchischer Erscheinungen, rasende Körper, rücklings geworfene Häupter, geschwungene Zimbeln, Pauke und Evoeschrei. Horch! In weiter Ferne, aus anderer Richtung, zuerst kaum hörbar, dann schwer anschwellend, dröhnende Posaunen!

Unbekannte Angst befiel ihn. Da stand er plötzlich in einer ernsten Versammlung, in einem Kreise von Richtern verschiedener Völker und Zeiten. In der Mitte saß, grau und streng, wie aus Stein gehauen, Carolus Magnus, sein großes Richtschwert auf die Knie gelegt; zu seiner Rechten stand der Prophet Samuel, den geisterhaften Mantel über der Brust mit gekreuzten Armen zusammenhaltend; zu seiner Linken der Römer Brutus, der strenge Vater, inmitten seiner Liktoren, von denen seltsamerweise der Richter Herkules, Giulios Freund, eben gefesselt wurde. Der Träumende erstaunte, daß ihrer beider ferraresische Sünden eines so hohen Gerichtes würdig erfunden seien. Jetzt ertönte die mächtige Stimme Kaiser Karls, ohne daß er die Lippen bewegte: "Julius Este, das von der Jungfrau dir verkündigte Gericht ist da. Sie ist es selbst." Wieder dröhnte die Posaune, und alles stürzte zusammen.

Nach einem raschen Durchgang durch einige dunkle Vorstellungen ruhte Don Giulio im Grase, zu der freundlich über ihn geneigten Angela emporblickend.

"Du Tor", sagte sie, wie in einem Gespräche fortfahrend, "darf auch ein Mädchen zu einem Jüngling sagen: ich liebe dich? Sie muß ihr Inneres verlarven und verkleidet Wunsch und Geständnis in Zorn und Drohung. Auch, wie könnte sich irgendein reines Weib mit einiger Ruhe und Sicherheit dir zu eigen geben? Und dennoch: Gerade deine viele Sünde, die ich strafen muß, ist es, die mich an dich kettet. Die Schuld liegt in deinen zauberischen Augen, mit denen du frevelst. Reiße sie aus und wirf sie von dir!"

Don Giulio wunderte sich im Traume, wie frech und vertraut die stolze Angela zu ihm rede; er lauschte bange, was da noch kommen werde, und als sie schwieg, wuchs seine Angst von Augenblick zu Augenblick. Er wollte sich aufschnellen, war aber von unsichtbaren Banden an den Boden gefesselt und außerstande, die kleinste Bewegung zu machen.

"Du willst nicht?" begann jetzt die Traum-Angela wieder; "aber es ist einmal nicht anders." Damit tauchte sie den Finger in eine Schale, die sie in der Linken hielt, und träufelte dem Ärmsten, der sich umsonst zu winden und das Haupt abzuwenden suchte, einen Tropfen roter Flüssigkeit zuerst in das eine und dann in das andere Auge. Ihn durchzuckte ein entsetzlicher Schmerz, und tiefe Finsternis, dunkler als die schwärzeste sternlose Nacht, umfing ihn.

Don Giulio heulte vor Unglück und erwachte in den Armen des Banditen, der ihn mit unverhohlenem Grauen betrachtete.

"Schlimm geträumt, Herrlichkeit!" sagte Kratzkralle.

"Entsetzlich! Mir war, ich werde geblendet."

"Ich sah die Sache vorgehen auf Eurem erlauchten Angesicht", meinte der Bandit. "Meine Verehrungen, Herrlichkeit! Doch nun beurlaubt mich."

Er verbeugte sich, blieb aber stehen, wie durch eine gewisse Zärtlichkeit zurückgehalten, und begann mit bedenklicher Miene und gedämpfter Stimme: "Wenn die junge Herrlichkeit einem armen Manne Glauben schenken will, so verzieht sie sich sachte von hier in dieser gegenwärtigen Stunde noch, sucht ein Klösterlein auf—Sant Andrea in den Stauden liegt nahe, der Heilige ist gut und die dortige Brüderschaft diskret—, gibt jedem Bettler, dem sie auf dem Wege begegnet, ein Goldstück, tut in Sant Andrea ein gewichtiges Gelübde, verschließt sich in eine Zelle und zieht sich das Bettuch über die lieben bedrohten Augen. Die heilige Jungfrau bewahre sie Euch!" schloß er mit Inbrunst.

"Bist du traumgläubig?" scherzte Don Giulio, der schnell seine Sicherheit wiedergewonnen hatte.

"Ich weiß, was ich weiß", versetzte der Bandit. "Mir hat einst geträumt, ebenso eindrücklich wie Euch heute, ich ersteche meinen Schwager. Erwacht, tat ich das Mögliche von frommen Dingen; aber es mußte nur sein."

Er grüßte tief und war weg. Offenbar hatte er es eilig, aus der Nähe eines Menschen wegzukommen, der nach seiner festen Überzeugung einem dunkeln Schicksal verfallen war.

Viertes Kapitel

Don Giulio erstieg langsam die Treppen und suchte, den Blick aufwärts wendend, sehnsüchtig das süße Blau, welches er im Traume für immer verloren hatte. Aber er suchte vergebens; denn der Himmel war von den trüben Dämpfen der Julihitze gänzlich verdüstert.

Als er den Fuß auf die oberste Stufe setzte, kam ihm aus der Halle des Hauses mit ungewissen Schritten der Oberrichter entgegen, bleich wie ein Toter und mit so unglücklich blickenden Augen, daß Don Giulio vom innigsten Mitleid ergriffen wurde und, den Arm um die Schulter des Freundes schlagend, ihn an das Terrassengeländer zog und mit ihm auf das Brunnenbecken und in das rauschende Spiel seiner Wasser niederblickte.

"Was geschah denn?" flüsterte er ihm ins Ohr. "Was ist dir begegnet?"

Strozzi erwiderte mit schmerzlich verzogenem Munde: "Nichts. Du verreisest für zwei Jahre nach Venedig. Deine Sache ist beigelegt und kommt nicht vor Gericht. Deine Orgie in Pratello bleibt ungestraft. Wiederum und noch einmal eine unverurteilte blutige Tat! Auch der Herzog beklagt es und seufzt über euch, seine Brüder."

"Auch über den Kardinal?"

"Über euch alle. Den Kardinal nannte er einen Eigenmächtigen, einen Gesetzlosen, einen dem Staate Ferrara unentbehrlichen Frevler, und befahl mir, seine Bande, wenn er sie nicht, wie er fest zugesagt, heute noch ablöhne und auflöse, mit Galgen und Rad zu verfolgen— unnachsichtlich! Dabei erhitzte er sich", berichtete Strozzi weiter, "und sprach eifrig von dem Staate Ferrara, wie er ihn sich denke, als ein Staatswesen von unbedingter Gerechtigkeit, durchaus ohne Ansehen der Person, ohne Begünstigung, ohne Bestechung.

'Eine Justiz, wie sie Eure Republik besitzt', sagte er, sich zur Seite wendend, und ich erblickte in einer Fensternische den Venezianer, der gekommen war, vom Herzog Urlaub zu nehmen, und bescheiden in einem Buche blätterte, um meine Audienz nicht zu stören. Der Angeredete lächelte höflich.

'Vergebung, Bembo!' fuhr der Herzog fort. 'Ich weiß, Euer Reisezug wartet, denn Ihr wollt die Nachtkühle benutzen zu Eurem Romritt, um der Julisonne auszuweichen. Verzeiht meinem Schreiber, daß der Langsame und Gewissenhafte Euch auf das Memorial warten läßt, das Ihr mir die Gunst erweisen wollt für mich in die Hände des Heiligen Vaters zu legen. Ein furchtbarer Mensch, dieser Julius. Er liebt mich nicht; empfehlt mich ihm. Und was werdet Ihr dem Schrecklichen sagen'—der Herzog lächelte—'wenn er Euch fragen wird, was Euch bewog, Ferrara zu verlassen? Er weiß, daß ich von Männern, wie Ihr, nicht gerne verlassen werde. So gut als ich, schätzt er Euch als einen Bedeutenden und Zukunftsvollen, den zu verkennen eine Schmach der Unbildung wäre, und der jedem italienischen Hofe zur Zierde gereicht. Nun, Bembo, saget mir, was werdet Ihr der Heiligkeit antworten?'

'Die Wahrheit, Herzog', erwiderte der Venezianer mit seiner einschmeichelnden Stimme. 'Heiligkeit, werde ich sagen, ich verlasse Ferrara, weil ich den Herzog verehre, und fürchte, die Herzogin zu lieben. Kein Sterblicher wird ihres täglichen Umgangs genießen, ohne von ihrem geheimnisvollen Wesen und von ihrer klaren Anmut gefesselt zu werden. Wo ist da die Grenze zwischen Bewunderung und Leidenschaft? Wo liegt das richtende Schwert, das die Körper und die Seelen trennt? Es tötet, ohne zu blitzen! Lieber aber verendete ich in tausend Qualen, als daß ich die hohe Frau durch eine auflodernde Flamme verletzte, oder an meinem edlen Gastfreunde, auch nur im Fiebertraume, Raub verübte. So werde ich zum Heiligen Vater reden…'"

"Kühn und auch klug gesprochen", unterbrach hier Don Giulio den Erzählenden, indem er zum Spiel nach einem Wasserbogen haschte, dessen fallenden Regen ein Hauch des Südwindes ihm zutrieb.

Der Richter aber fuhr fort: "Don Alfonso schien durch das Bekenntnis seines Gastes befriedigt und mit dessen Abreise einverstanden. 'Ich könnte Euch solche freimütige Rede an den Heiligen Vater nicht verargen', sagte er, 'sie hätte nichts Unziemliches, sondern ehrt uns alle. Schreibt uns zuweilen, Bembo! ' Dann aber wurde er drohend und wies auf mich. 'Dieser Mensch', sagte er, 'krankt an dem gleichen Übel, ohne weise zu sein, wie Ihr, und ein Heilmittel zu suchen. Redet zu ihm und gebet ihm Rat.'

Da erhob ich zornig das Haupt und versetzte: 'Solches, Herzog, gestehe ich nicht ein mit dem Munde; meine Gedanken aber anerkennen keinen Richter. Wenn solches wäre, ich wüßte mir Rat, so gut wie Bembo. Laßt mich ziehen, Herzog! Die Luft von Ferrara erstickt mich. Ich bin noch zu jung mit meinen zwanzig Jahren, die heilige Waage der Themis zu halten; ich bin ein noch unfertiges Metall, eine flüssige Lava. Noch kämpfen um mich verschiedene Gesetze und Anbetungen! Gebt mir Urlaub! Ich will die Hochschule von Paris besuchen, wohin ich schon lange trachte, und ich werde einst Euch und dem Staate Ferrara reifer und brauchbarer zurückkehren, als ein Mann des Rechts, den nichts mehr besticht und blendet.'

Der Herzog entgegnete mir ernst: 'Keine Rede davon, daß Ihr Euer kaum angetretenes Amt verlasset. Unter meinen Augen begannet Ihr eine Reform unseres Gerichtswesens, und ich ertrage es nicht, daß in Ferrara eine unternommene öffentliche Arbeit leichtsinnig unterbrochen und verspätet werde. Wohin würde uns solche Gewissenlosigkeit führen?—Was aber die

Sklaverei betrifft, in der Ihr schmachtet, so leugnet Ihr sie mit dem Munde, aber mit Blicken und Gebärden legt Ihr sie auf eine ärgerliche 'Weise an den Tag. Darum bitte ich unsern scheidenden Freund', er ergriff den Venezianer bei der Hand, 'Euch über Euern gefährlichen innern Zwist aufzuklären. Er ist Euch glaubwürdig; denn, wie Dante im wilden Walde, ist er angstvoll den reißenden Bestien entronnen. Seid sein Führer, Bembo. Redet in meiner Gegenwart ohne Zwang und Schleier. Es besteht kein Geheimnis unter uns, wir kennen unsere Gesichter und Masken.'—So quälte uns der grausame Pedant, und wir knirschten unter der Marter!"

"In der Tat, ein genialer Gedanke des Ehemannes, in seiner Gegenwart den einen Anbeter seiner Frau durch den andern abkanzeln zu lassen!" lachte Don Giulio. "Das gleicht dem Bruder! Ich sehe, wie du in verhaltenem Ingrimm die Augen rollst, und wie der schlangengewandte Venezianer seine zerrissene Seele zu einem schmerzlichen rhetorischen Meisterstücke stimmt. Was sagte er denn?"

"Zuerst zog er die feinen Brauen zusammen und schwieg eine Weile. Dann trat er zu mir und ergriff mitleidig meine Hand. 'Herkules', begann er, 'die Zeit drängt; meine Rosse stampfen vor dem Tore, und mein Geist ist schon unterwegs. Möge diese meine letzte Minute Frucht tragen mit der Hilfe Gottes! Ich habe keine Zeit, meine Worte zu wägen; und da die Hoheit selbst es ausgesprochen hat, daß hier kein Geheimnis walte, so enthülle ich schonungslos das Antlitz der Dinge. Dein Leiden ist ein wundersamer Fall. Nicht wie mich armen Sünder besiegt dich die Übergewalt des weiblichen Reizes. Du bist weit gefährlicher krank; denn dein Übel entspringt auf dem Gebiete deines stolzen und eigenwilligen Geistes. Dein strenger Rechtssinn verdammt das, was dein Auge beglückt und das Feuer deines Herzens entzündet. Das ist dein Widerspruch und dein Irrsal. Der Richter wird entflammt für die von ihm Gerichtete. Besieh dir doch ihr Schicksal! Ein kindliches Weib, in unselige Abhängigkeiten hineingewachsen, schuldig schuldlos, wie die liebliche Frauenschwachheit ist, flieht, von innerer Klarheit erhellt, mit zitternden Füßen aus dem Banne des Bösen und ergreift die ihr gebotene Hand eines seltenen, ja einzigen Mannes, der dein Fürst ist, o Strozzi! und ein weiser Erforscher der Menschennatur. Er erkennt die edle Anlage Lukrezias und zieht sie in göttlicher Weise mit sich empor. Nun werden ihre Schritte täglich sicherer, und immer größeres Wohlgefallen gewinnt sie an der Tugend und an ihren belohnten Kämpfen. Da kommst du, Unseliger, siehst die Emporgehobene in den Armen ihres Schutzengels, verurteilst sie zu den Höllenkreisen und stürzest dich auf sie, um dein Urteil selbst auszuführen. Wehe dir, du bist ihr verfallen! Du umklammerst ihre Knie; sie aber wird sich von dir lösen, und du stürzest allein in die Tiefe! Armer Ixion, du umschlingst statt der Göttin die Wolke, und daß dein Frevel völlig unausführbar und unmöglich ist, das allein entschuldigt ihn. Frage dein

Herz, Strozzi!' und der Venezianer drückte mir in Tränen die Hand. 'Fühlst du nicht, wie rührend und geschmackvoll die neue Lukrezia ist, die in ihrer stillen und bedachten Weise das schlichte Gute tut und ohne prunkende Buße sich mit den allgemeinen Tröstungen der Kirche begnügt? Wenn du die einfache Anmut dieser Erscheinung betrachtest, beschleicht dich nicht der Zweifel, ob die Verleumdung, das Laster unserer Zeit—denn wir alle verleumden und werden verleumdet—, sich nicht an diesem erlauchten Weibe mehr als an andern vergangen und das menschlich natürliche Bild einer Dulderin ins Dämonische verzerrt habe?..."'

Das laute Gelächter seines Freundes unterbrach ihn. "Das ist stark!" rief Don Giulio. "O Jahrhundert unverschämter Wahrheit und gründlicher Lüge!"

Da zuckte er leicht zusammen, denn ein leiser Finger berührte seinen freien Nacken. Kurz wandte er sich um und blickte in das abgezehrte und feindliche Gesicht des Kardinals, dessen langsames Emporsteigen das Springen der Wasser übertönt und verborgen hatte.

"Ich glaube, der Herzog erwartet uns beide", sagte Ippolito, über das Wort seines jungen Bruders, das er noch auf gefangen hatte, unwillkürlich lächelnd. "Folget mir ohne Verzug!" Und er verschwand in der Villa.

"Ich verlasse dich, Herkules!" sagte der Este. "Nur eines muß ich noch wissen: Woher deine tödliche Blässe, die mich erschreckte, da ich dir hier entgegentrat?"

"So höre denn das Ende des Auftritts und das Meuchelwort des Herzogs! Zuerst sagte er ruhig und finster: 'Euer Bildnis der Herzogin, Bembo, ist treffend und nicht geschmeichelt.' Er fixierte uns beide. Mit meiner Miene schien er nicht zufrieden. Es erhob sich etwas Heißes in ihm, und er wandte sich drohend gegen mich. 'Ich frage mich, Strozzi', sagte er, 'ob Eure Leidenschaft nicht gelegentlich Euern Gehorsam gegen den Fürsten und das Gesetz zu Euerm Unheil ins Wanken bringen könnte! Nicht zwar auf Euerm eigensten Boden in Rechtsfragen, da halte ich Euch für unbestechlich und unterordne mich Eurem Urteil. So bin ich zum Beispiel überzeugt, daß Ihr in dem Erbstreite meines Fiskus mit dem Grafen Contrario das Recht finden werdet. Auch wird Euch hier die Herzogin trotz ihrer Begünstigung des Grafen nie irreleiten; aber es gibt einen Fall und eine Stunde, die sie ihres klaren Sinnes berauben werden. Ihr verderblicher Bruder wird Italien wiederum betreten und uns verwirren. Ich werde meinen Untertanen jede Verknüpfung mit ihm verbieten. Doch meine erste Untertanin, die Herzogin, wird nicht gehorchen; denn sie kann es nicht, es steht nicht in ihrer Macht. Mit den härtesten Strafen werde ich verhüten, daß sie kein Werkzeug finde, und doch wird sie eines finden... Euch wird sie ergreifen, Herkules Strozzi. Damit ist Euer Haupt verwirkt. Ich werde Euch richten. Nicht öffentlich, denn es ist eine Familiensache und eine Staatssache, die beide das Geheimnis fordern. Man wird Euch tot auf der Straße finden.'—Hier erblaßte Bembo, und du sagst, daß auch ich blaß geblieben bin.—Unbeirrt und gemessen jedoch fuhr der Herzog fort: 'Bembo, Ihr seid vor Gott und Menschen mein Zeuge, daß dieser nicht ungerichtet stirbt! Du aber, Herkules Strozzi, siehe zu, wie du der Herzogin und mir entrinnest!' Jetzt brachte ein furchtsamer Schreiber die Rolle für den Papst, und wir waren entlassen. Ich begleitete den Venezianer zu seinen Dienern und Pferden. Den Fuß schon im Steigbügel, flüsterte er mir zu: 'Hüte dich vor dir selber, Herkules!'"

Don Giulio schauderte. Strozzi berührte flüchtig seine Lippen und sagte: "Nun reise auch du schnell und glücklich!"

"Diesen Abend noch!"

"Nein, sobald du aus dem Schlosse trittst!" sprach der Richter und stieg die Treppe hinunter, während der andere seinem Bruder, dem Kardinal, nacheilte.

Fünftes Kapitel

Diesen fand er mit dem Herzog in einer schmalen, hohen Kammer, die ein einziges großes Fenster erhellte. Es war ein geheiligter Raum, den zu betreten dem Hofe untersagt war. Die Wände waren mit Plänen und Karten bekleidet, und in der Mitte auf dem breiten Schreibtische, an dem der Herzog, die Stirn in die Hand gelegt, sich niedergelassen hatte, ruhte ein Globus.

Sowie sich die Brüder vor ihm gegenüberstanden, blitzten sie, durch den bloßen Anblick ihrer Gesichter gereizt, sich feindselig an, und während der Herzog mit einem Zuge der Besorgnis zuhörte, überschüttete der Kardinal Don Giulio mit zornigen Worten.

"Ich verlange", rief er, "daß Eure Hoheit diesem Nichtswürdigen den Hof verbiete; ich will, daß er Ferrara meide ewiglich und uns nicht länger das Ärgernis seiner Nichtigkeit und Straflosigkeit gebe. Er beschämt und entehrt unser Geschlecht! Stoße ihn aus, Bruder!"

Unter so unerhörter Beleidigung zuckte Don Giulio zusammen. Er bäumte sich unter dieser Geißelung; es war, als ob sich seine Züge vergrößerten und ein edleres Urbild durchschiene, das sich empört erhebe gegen solche Erniedrigung.

"Kardinal", sagte er, "was ich sündigte, habe ich mir gesündigt. Und ich weiß nicht, ob ein frei Genießender nicht schuldlos ist neben einem Staatsmanne, der, wie ein Giftmischer, das Böse berechnend und wissenschaftlich zu seinen Zwecken braucht und verarbeitet."

"Diese Gedankenlosigkeit ist gerade, was ich dir vorwerfe, du trauriger Gegenstand!" versetzte der Kardinal, "und daß du ohne jede geistige Freude dem gemeinsten Genusse frönst. Und darum, weil ich weiß, was du, Verworfener, Liebe nennst, verbiete ich dir Donna Angela! Berühre sie nicht mit dem leisesten Atem, mit dem flüchtigsten Gedanken, denn—pfui deine Gedanken!"

Mit Tränen erwiderte Don Giulio: "Warum stößest du mich in den Schlamm, daß ich darin ersticke, während du mich früher emporheben wolltest? Warum hassest du mich so wild, der du einst den Knaben väterlich geliebt hast?"

"Das will ich dir sagen, Julius. Als ich, der zehn Jahre Ältere, dich als Kind neben mir sah, freute ich mich deines offenen Antlitzes und deines hellen Geistes. Herzgewinnend, schön, aufmerksam und begabt, schienest du mir ein unter günstigen Sternen geborener Este, uns geschenkt zum Gedeihen unseres Hauses und Staates, ein Labsal, eine Stütze für Tausende, und es war mein stolzes Bemühen in einer Zeit des Zerfalles, wo die Persönlichkeit alles ist, die deinige zu entwickeln. Jetzt, nach deinem kindlichen Aufglänzen, standest du, ein Jüngling, am Scheidewege; da wandtest du dich ab von den Zielen der Ehre und Arbeit und verlorest dich völlig in Spiel und Lust. Dir gelang, deinen ganzen reichen Hort nutzlos und schädlich zu vergeuden. Nicht der Staat, nicht die Wissenschaft, nicht einmal der die Jugend entflammende Kriegsdienst vermochte dich zu gewinnen. Du tötetest deine Tage mit großen und kleinen Freveln... ein kleinlicher und niedriger Geist. Du hast Raub begangen an deinem Hause, und da du ihm, Wechselbalg, keine Ehre mehr machen kannst, sondern es mit lauter Schande bedeckst, sähe ich dich wahrlich lieber tot als lebendig. Hast du dich doch selbst von uns losgesagt, als du dein Pratello, an das du grenzenlose Summen verschwendet hast, nicht mit unserem erlauchten Wappen, sondern mit leeren und sinnlosen Larven verziertest, wie du selbst eine bist."

"Bruder", erwiderte niedergeschlagen Don Giulio, den sein Gewissen strafte, "höre auf, mich zu zertreten, weil ich meine Lebensfreiheit gebraucht habe. Es sind genug Este da, die dem Staate dienen! Glaube mir, die Tugendlehre steht deinem Geiergesicht übel an!—Über eines aber, Ippolito d'Este, beruhige dich gänzlich",—und Don Giulio ermannte sich, einen Boden erreichend, wo er sich schuldlos fühlte—"über meinen Stand zu Donna Angela! Ich schwöre dir", er suchte nach einer gültigen Beteuerung, "so wahr unser Fürst und Bruder hier lebt! Angela Borgia, die der Grund ist deines grausamen Hasses gegen mich, gehört nicht zu mir, sie geht mich nichts an, sie ist mir feind! Ich biege ihr aus, so schlank ich kann. Wuchs und Gebärde dieser Virago sind nicht mein Stil. Auch kann sie mich nicht lieben, denn sie denkt über mich wie du. Und mit Recht, denn ich weiß nichts davon, daß ich mich geändert hätte, seit sie mich vor allem Volke bejammert hat!"

Weit entfernt, daß dieses Geständnis den Kardinal beruhigt hätte, blies es vielmehr anfachend in die Flamme seiner Eifersucht. Er traute den Worten Don Giulios, denn er wußte, daß dieser trotz seiner Übertretungen eine innerlich unverfälschte und wahrhafte Natur geblieben war, und er sagte sich, daß dieser Wunderquell, in dessen Tiefe man durch seine leuchtenden Augen hinunterblicken konnte, für die wahrheitsdurstige Angela eine geheime Anziehungskraft haben mußte, ohne welche sie nicht hingerissen worden wäre, den aus dem Kerker Steigenden auf offenem Markte zu mißhandeln und zu beklagen. Seine Eifersucht wurde zur Wut, als Don Giulio unschuldig fortfuhr:

"Nein, Bruder, ich rede nicht aus Neigung!" Er legte beteuernd die Hand aufs Herz. "Bei Bacchus! Das Mädchen ist mir so gleichgültig wie Göttin Diana! Nur hat man sein Erbarmen mit jedem weiblichen Geschöpfe—was soll aus ihr werden bei deiner rasenden Liebe zu ihr? Heiraten kannst du sie nicht— du bist ein Priester! Gewinnen noch weniger, denn sie ist keusch und tapfer! Was bleibt? Was bereitest du ihr? Du wirst sie töten!"

Seine Stimme hatte einen so warmen, mitleidigen Klang, daß der Kardinal darüber in Raserei geriet.

"Wer sagt dir, Bube", wütete er, "daß ich sie töten werde! Was hindert mich, dies hier", er packte mit beiden Fäusten den Purpur über seiner Brust, "in Fetzen zu reißen und Angela als mein Weib an das Herz zu drücken? Ich bin jung genug dazu, und ich speie auf das kirchliche Gaukelspiel!..."

"Gelassen, Bruder!" mischte sich endlich der Herzog in den Zweikampf. "Das tust du nicht. Daß du ein Weib bis zur Raserei liebst, darf dir begegnen. Es ist eine menschliche Plage—eine Krankheit—ein Unglück! Eine verspätete Verweltlichung aber zum Behufe einer Heirat wäre ein Ärgernis— ein Spott! Und du darfst dich nicht verhöhnen lassen, du Stolzer! Was Donna Angela betrifft, die ein wertvolles Mädchen ist, so wird die Herzogin sich damit beschäftigen, sie standesgemäß zu versorgen, wozu sie als Verwandte verpflichtet ist. Und du, Kardinal, wirst Donna Angela unter dieser Obhut in Ruhe lassen, aus Ehrerbietung für Donna Lukrezia, die du scheust und achtest."

"Die ich scheue und achte!" wiederholte der Kardinal gedankenabwesend. "Und mit wem wird Donna Lukrezia sie vermählen? erkühne ich mich zu fragen."

"Das überlassen wir ihrer Klugheit", sagte der Herzog. "Ich für meinen Teil denke, es wäre nicht unweislich gehandelt, sie dem Grafen Contrario zu geben."

Nun war es seltsam, wie bei der Nennung dieses in Italien Reichtum und Ehrbarkeit bedeutenden Namens beide feindlichen Brüder in ein einträchtiges und einstimmiges Hohngelächter ausbrachen.

Dann aber wandte sich der Kardinal mit erneuter Wut gegen seinen Mitlacher.

"Es sei!" schrie er. "Donna Lukrezia verfüge! Sie wird etwas anderes finden, oder Donna Angela sich selbst besser beraten. Wenn nur dieser Auswurf der Este", er deutete auf den jungen Bruder, "aus dem Spiele bleibt!" Und so tötende Blicke schoß er gegen ihn, daß dieser erbleichte.

Jetzt schwindelte Ippolito auf dem Gipfel seines Hasses; er fühlte, daß er die Besinnung verliere und einer Ohnmacht nahe sei. Sich an die Stuhllehne des Herzogs klammernd, keuchte er in abgebrochenen Worten:

"Wenn dir dein Leben lieb ist, Bruder, so entweiche aus meinem Gesichtskreis! Verlaß Ferrara! Noch zu dieser Stunde!... Jetzt gleich!... Geh!..." Don Giulio betrachtete den Kardinal mit erschrockenen Augen. Ihm schien, daß ihn dieser unwillkürlich und aufrichtig warne vor den mörderischen Ausbrüchen seines Hasses, und er beschloß, ihm zu gehorchen.

"So tue ich, Kardinal!" sagte er und wollte sich entfernen. Doch der Herzog gebot anders.

"Keine Übereilung!" hielt er ihn zurück. "Nichts Auffallendes! Nichts, was Mutmaßungen und Gerede verursachen könnte! Begebt Euch jetzt in den Kreis der Herzogin. Unterhaltet sie und lasset gelegentlich einfließen, Eure Lust am Kriegswesen sei wieder erwacht, und da jetzt die Euerm Dienste in Venedig entgegenstehenden Staatsgründe weggefallen wären, so kehrtet Ihr dahin zurück. Ich hätte Euch Urlaub gegeben, wenn auch ungern."

Don Giulio verneigte sich gehorsam.

Da ließ sich draußen eine scharfe Stimme vernehmen, und alle drei wendeten sich gegen den Eingang der Kammer. Es war Don Ferrante, der Einlaß begehrte und in meckernden Tönen zu rezitieren begann, denn neben andern Torheiten huldigte er auch der, zuweilen in Versen zu reden:

> "Holdsel'ger Anblick, selten, aber wahr:
> Drei Brüder schließen liebend sich zusammen,
> Die von verschiednen schönen Müttern zwar,
> Doch von demselben edeln Vater stammen!
> Sie würgen sich, und sie ersticken gar
> Sich in Umarmungen und Liebesflammen.
> So groß ist ihr Verlangen und Entzücken,
> Sich gegenseitig an die Brust zu drücken!
> Der vierte kommt, den dreien anzusagen,
> Daß im Boskett, wo Amor liegt in Banden,
> Wo die Gelehrten unsrer Fürstin tagen,
> Ein philosophischer Disput entstanden.
> Es handelt sich um nadelspitze Fragen,
> Und eine Lösung ist noch nicht vorhanden.
> Erlauchte Prinzen, laßt Euch nicht verdrießen,
> Auch Eures Witzes Bolzen abzuschießen.

Komm, Brüderchen! Die Königin von Ferrara gebietet."

Er faßte Don Giulio unter dem Arme und lud den Herzog und den Kardinal mit einer gezierten Handbewegung zum Vortritte ein.

Sechstes Kapitel

Während die ernsten Gestalten des Herzogs und des Kardinals zusammen durch den langen Mittelgang des Gehölzes schritten, stellte sich das darin lustwandelnde Hofgesinde rechts und links zu ehrerbietiger Begrüßung auf, wenn es sich nicht in anständiger Flucht auf Nebenpfaden, die zu irgendeiner geheimen Lästerbank führten, ins Dickicht verlor.

Wer von ihnen hätte begreifen können, daß der Mann im Purpur mit dem bedeutenden Kopfe und den durchgearbeiteten Zügen, wie sie große politische Geschäfte ausprägen, gleich einem Verdammten leidend, in den Banden eines von ihm sich abwendenden jungen Mädchens lag. Ähnliches sagte sich der Herzog, und der Kardinal erriet dieses schweigende Urteil.

"Keine Sorge, Bruder", begann er beschwichtigend, "wegen meiner und des Mädchens! Ich überwinde... eines von beiden: mich oder sie! Nur Don Giulio muß aus der Mitte geworfen werden. Und du schaffst mir ihn weg, den mit den vorwurfsvollen Augen!"

Der Herzog blickte den noch immer vor Leidenschaft Zitternden verwundert an. Dann warf er einen Blick rückwärts nach den ihm folgenden Brüdern und sah Don Ferrante, der den Gehaßten fast gewaltsam vom Wege in das Gebüsch zog.

"Sieh dich um", sagte er zum Kardinal. "Dort schleppt der Verschwörer Ferrante den unschuldigen Giulio in ein Versteck, um ihn in eines seiner närrischen Komplotte gegen uns einzuweihen. Zu solchem Verrat aber, das mußt du mir zugestehen, gibt sich der leichtherzige Knabe nicht her."

"Je nach Umständen!" zischte der Kardinal. Dann raffte er sich selbst und die Falten seines Purpurs zusammen, denn sie näherten sich dem Kreise der Herzogin.

Die Hitze des Julitages hatte sich gegen Abend unter dem dichten Laubdache verfangen. Es war unerträglich dumpf, und wo der Horizont zwischen den Stämmen sichtbar wurde, regten unaufhörlich die lautlosen Blitze ihre Feuerschwingen.

In dem dämmernden Boskette des gefesselten Kupido erhob sich beim Eintritte der beiden die Gesellschaft von den niedrigen Steinsitzen; nur die Herzogin, zu deren Füßen Angela sich barg, blieb auf ihrer Bank ruhen, dem Herzog neben sich Raum gebend.

Der Perser Emin aber stand an den ehernen Kupido gelehnt, den Kreis mit orientalischen Märchen, wie es dem Herzoge schien, unterhaltend, während Ariosto hinter seinen Schultern ihn anfeuerte und auch wohl mit dem richtigen italienischen Ausdruck unterstützte.

"Wovon war die Rede, Madonna?" fragte der Herzog.

"Herr, davon", erwiderte sie, "wie es möglich sei, daß gewisse Lichtgestalten, die in ihrer Glorie schützend über uns stehen, auch in fremde Länder und auf andersgläubige Völker ihre Strahlen werfen, wenngleich wie im Spiegel eines dunkeln Gewässers gebrochen. Davon hat uns Ben Emin eben ein schönes persisches Beispiel erzählt."

"Ich errate", sagte Don Alfonso, den die Frage anzuziehen schien. "Solche Besitznahme unserer Helden durch die morgenländische Sage kommt vor. Wenn ich nur an Kaiser Karl und seine Paladine denke. Diese freilich haben unsere Dichter—und nicht am unschuldigsten jener dort, der seine lustigen Augen hinter Kupido verbirgt—schon so abenteuerlich verkleidet, daß den Persern wenig mehr zu tun übrig bleibt."

"Auf falscher Fährte, Herzog!" lächelte Donna Lukrezia.

"So sind es denn die großen Staufen", riet der Herzog weiter, "der Rotbart und sein Enkel, der ungläubige Friedrich, welche beide freilich den Morgenländern ihre natürlichen Angesichter gezeigt haben, und die sie nach dem Leben abbilden konnten."

"Immer weiter weg!" schüttelte Lukrezia das leichte Haupt. "Doch, ich fürchte, selber habe ich Euch irregeführt, indem ich einen ganz Unvergleichlichen und Unerreichbaren in die Menschheit einreihte und das Heiligste selbst in unser weltliches Gespräch verflocht. Weder Karl den Großen und seine Paladine, noch die Staufen nannte Ben Emin, sondern unsern Herrn Christus selbst. Verzeiht meiner Unvorsicht! Es ist ferne von mir, die Kirche zu entweihen, in deren Kreis ich durch Geburt und Schicksal gebannt bin und von der allein ich mein Heil verhoffe. Die Barmherzigkeit des Himmels, die sich in Menschengestalt des abscheulichsten Elends erbarmt, das ist auch der Inhalt der persischen Erzählung, die mich verführte. Doch ich werde unklar. Höret und urteilet selbst.

Ben Emin berichtet:

Eines Tages trat der Heiland mit seinen Jüngern aus dem Tore einer Stadt. An der Landstraße lag in der Sonne ein toter Hund, dem die Jünger mit Ekel und Schmähungen auswichen. Der Heiland aber blieb bei dem Aase stehen, und das einzige, was daran rein geblieben war, hervorhebend, sprach er:—O sehet, wie blendend weiß seine Zähne sind!'"

Die Hofleute, welche eine Erzählung im Geschmacke des Boccaccio vorgezogen hätten, fanden diese persische Legende befremdend, ja unanständig; der Herzog aber schwieg.

Donna Lukrezia, die von dem Gegenstande nicht loskommen konnte, redete in bewegter Stimmung weiter:

"Und ist es nicht seltsam, mein Herzog! Wie auf einer kostbaren Tapete, gewoben nach der Zeichnung eines unserer heiligen Maler, wird auf der Rückseite, ich meine in der heidnischen Überlieferung, zwar nicht das volle Bild des Weltheilandes, aber doch die Purpurfarbe seiner Barmherzigkeit sichtbar! Die heidnische Sage bestätigt den Heiland als den, welchen die Kirche verehrt und darstellt, als einen göttlichen Brunnen der Barmherzigkeit. Selbst an dem ekelsten Gegenstande findet die Güte noch eine Schönheit."

Und schwere Tränen stürzten über ihre Wangen.

Die Hofleute waren erstaunt, ihre Herrin also reden zu hören. Es war offenbar, daß sie an sich selbst dachte und unter der Gewalt eines plötzlich über sie kommenden unüberwindlichen Wahrheitsbedürfnisses ohne Hehl und Scham unter einem durchsichtigen Schleier ihren Ursprung aus der Kirche und ihre entsetzliche römische Sünde zeigte. Der Mund des einen verzog sich in der Dämmerung zum Spott, während die Stirne des andern sann und grübelte. "Es ist schwül, und sie fühlt das Gewitter"—dachten sie.

Die Blässe der Herzogin schimmerte wie Marmor durch das Halbdunkel. Alfonso sprach kein Wort, aber er betrachtete sein Weib ohne Groll, mit Liebe und Teilnahme. Der Teppichhändler Emin aber freute sich des Gleichnisses von der Tapete.

In dem entstandenen Schweigen wurde die bange Schwüle noch fühlbarer. Man hörte in der Ferne unheimliche Unkenrufe und das Schreien eines Käuzleins, nach welchem der Kardinal, der an der Unterhaltung keinen Anteil genommen, aufmerksam und geärgert hinhorchte.

Da trat unversehens Don Ferrante aus den Bäumen und ließ seine mißtönige Stimme vernehmen.

"Hier wird erbaulich gesprochen", höhnte er, "wohl von der Eminenz! Ich lese es im Dunkel auf den kasteiten Mienen. Schade, daß ich zu spät komme! Ich kann immer etwas Moral brauchen, und noch mehr Bruder Julius, den ich mitbrachte, der mir aber unterwegs in den Pfirsichspalieren hängen blieb. Es steckt dort eine Pica, die Tochter des neuen Gärtners, der er jetzt Pfirsiche für die herzogliche Abendtafel pflücken hilft mit den üblichen Griffen und Bissen und ehrbaren Spielen und Wortspielen, welche seit Adams Zeiten das Ergötzen unserer edeln Menschheit sind."

Diese mehr bittere als lose Rede schlug wie ein Blitz in einen Pulverturm.

Donna Angela, die bisher ihr Angesicht an den Knien der Herzogin verborgen hatte, fuhr wie eine vom Pfeil getroffene Löwin in die Höhe und wollte, durch die Büsche brechend, davoneilen, da der nächste Augenblick den Unwürdigen in ihre Gegenwart bringen konnte; doch die dunkle Figur des Kardinals verwehrte ihr die Flucht. Er stellte sich vor sie, und es schwirrte von seinen Lippen:

"Der Nazarener fand an dem ekeln Aase noch etwas Schönes, an dem Hunde Don Giulio hätte er es nicht gefunden!"

Da änderte sich plötzlich die Haltung des aufgebrachten Mädchens. Die Brandmarkung des ausschweifenden Jünglings, zu der—wunderbarerweise—nur sie ein Recht zu haben glaubte, kochte in ihr als Zorn und Widerspruch. Sie schüttelte ihr stolzes Haupt und bewegte die Lippen.

"Es wäre denn, Ihr allein, Donna Angela, wüßtet ein Lob auf ihn!" beleidigte er sie.

Da sprach die Trotzige mit erhobener Stimme: "Don Giulio hat wundervolle Augen! Die muß ihm der Neid, die müsset Ihr, Kardinal, ihm lassen!"

"Muß ich? Muß ich wirklich?" rief Ippolito bebend und trat in die Nacht der Bäume zurück. Er verließ das Boskett und erschien wieder nach wenigen Minuten und einer entsetzlichen Tat. Was war geschehen?

Er hatte kaum das Dunkel betreten und einen leisen Ruf hören lassen, so kroch Kratzkralle, der sich durch "Unke" und "Käuzlein", wie der Kunstausdruck lautete, angemeldet hatte, auf dem Bauche, wie eine Schlange, aus dem Dickicht, und ihm gegenüber auf der andern Seite des Pfades wurden in derselben Haltung Firlefanz und Drachenbrut sichtbar. Es waren die drei Schlimmsten seiner verabschiedeten Bande, die vor ihm aufstiegen.

"Was wollt ihr von mir, Schurken?" fuhr er sie an.

Die Mützen mit den Händen vor die Brust drückend, wisperten die drei:

"Gold, Gold, Gold, Eminenz! Wir haben Euch länger gedient als die andern und erwarten mehr von Euch! Euer Schatzmeister aber hat uns alle gleich bedacht."

Da überwältigte den Kardinal sein böser Dämon. Er zog einen schweren Beutel hervor. "Euer!" lockte er, "wenn ihr Don Giulio…"

Firlefanz macht die Gebärde des Erstechens: "Abgemacht, Eminenz!"
"Nicht so! Sondern…" das Wort zauderte in seinem Munde, "ihn blenden."

Zuerst wollten ihn seine Banditen nicht verstehen.

"Kennt ihr ihn?" fragte er.

"Er ist mein Freund!" versetzte Kratzkralle mit Stolz.

"In wenigen Minuten geht er hier vorbei. Horcht!... Ich vernehme schon seine Schritte!" In der Tat wurde ein fernes Schreiten auf dem knirschenden Kiese der Allee hörbar.

Da warf sich Kratzkralle dem Kardinal zu Füßen und stöhnte mit dem tiefsten Selbstbedauern:

"Ich Verdammter! Wär' ich nicht geboren! Herrlichkeit, befehlt mir, ihn zu erstechen! Nacken oder Herz! Nur nicht die lieben schönen Augen!... Das tu ich nicht!" sagte er dann entschlossen.

Da stieß ihn Firlefanz beiseite. "So laß uns zweie machen, Kapaun! Desto besser, wenn wir nicht mit dir teilen müssen!"

Das wollte nun Kratzkralle auch nicht. Der Kardinal ließ seinen Beutel fallen und ging auf dem Pfade, den er gekommen war, nach dem Boskette, ohne zurückzulauschen.

Hier aber war nicht nur der eherne Amor gefesselt, sondern alle Geister der Unterhaltung lagen in Banden. Man saß, in der Schwüle schwer atmend, zusammen und konnte bei der sinkenden Nacht kaum mehr die Züge des Nachbars unterscheiden. Eine bleierne Müdigkeit und zugleich die beklemmende Angst einer Erwartung lähmte die Glieder, wenn auch nur das Warten auf die Flammen und Donner eines Gewittersturmes, dessen Fittiche zur Stunde noch gebunden waren.

Da plötzlich zitterte durch die Luft ein Geschrei. Solche Schreckens—und Schmerzenstöne, daß alle Herzen bebten und alle Pulse stockten!

"So brüllt der Stier des Phalaris!" rief der entsetzte Ariost. "Wo bleibt Don Giulio!" Er stürzte fort.

Da kam er mit ihm zurück, der sich, der Unglückliche, an ihn anklammerte und von ihm vorwärts schleifen ließ.

"Bruder! Herzog!" rief der vor Schmerz Sinnlose, "wo bist du? Hilf mir, räche! strafe!"

"Fasse dich, ärmster Bruder! Was geschah? Was tat man dir?" sprach ihm der Herzog zu, während ihn alle umringten.

"Der Kardinal ließ mich meuchlings überfallen! Er hat mir die Augen ausgerissen!"

Man schrie: "Bringt Fackeln! Holt Ärzte!" während Don Giulio, den ihn aufhaltenden Ariost mit sich reißend, vorwärts strebte und die Arme nach dem Kardinal ausstreckte, der neben dem Herzog stand und dessen Gegenwart er fühlte. Seine ungewisse Hand fuhr in die Falten des Purpurs, in den er, auf das Knie stürzend, sich verwickelte und das blutige Haupt begrub.

Er hielt sich an dem Leibe des Kardinals fest und schluchzte:

"Oh, oh, warum raubst du mir das Licht? Was nimmst du mir das all und einzige weg, das ich war... ein in der Sonne Atmender!... Du, der du alles bist und hast! Dem ich nichts nahm und nichts neidete!... Ich winde mich vor dir wie ein blinder Wurm! Bruder, zertritt mich! Töte mich ganz!..."

Der Kardinal erschrak. Er zog krampfhaft seinen Purpur an sich, und seine Stimme klang unnatürlich, als er ausrief: "Nicht ich!... Das Weib verführte mich!... Sie lobte deine Augen!..."

Dieses Wort drang nicht mehr in das Ohr des vor Schmerz ohnmächtig werdenden Blinden, aber vernichtend in das Herz der entsetzten Angela.

Es kam Hilfe, Dienerschaft mit Fackeln und Sänften. Die verwirrte Gesellschaft verlor sich ohne Abschied in ängstlichen Gruppen und auf verschiedenen Wegen.

Das dunkle Boskett war verlassen.

Jetzt rötete ein Blitz den gefesselten Amor, Windstöße sausten durch den Wald und beugten die Wipfel der Bäume. Bald war der Himmel lauter Lohe und die Luft voller Donnergetöse. Dann stürzten die finstern Wolken auf die Erde, und schwere Regen wuschen und überschwemmten den mit Blut und Sünde befleckten Garten.

Siebentes Kapitel

Geraume Zeit war verflossen seit der Missetat des Kardinals, und der erste Frevel verlangte andere zu erzeugen. Die Saat war ausgestreut und keimte.

In Pratello, wohin man Don Giulio an jenem Abende noch, mitten durch das Gewitter, in einer von Pferden getragenen Sänfte zurückgebracht hatte, brütete der Unglückliche in seiner Finsternis oder ließ sich durch die Gänge seiner neuangelegten Gärten führen, die heißesten Sonnenstrahlen auffangend, um wenigstens das Licht zu empfinden, das er nicht mehr sehen sollte.

Besucht wurde er nicht vom Hofe, denn er galt für in Ungnade gefallen, da der Herzog nicht daran zu denken schien, die Tat des Kardinals vor Gericht zu ziehen, nicht einmal daran, durch eine ernsthafte Verurteilung des grausamen und unerklärlichen Verbrechens sich davon zu trennen und persönlich loszusagen. Die drei Banditen freilich wurden, kurze Zeit nach der Tat, in Neapel, wohin sie mit ihrem Solde geflohen, wohl von ihren früheren Kameraden umgebracht und ihre Köpfe an die Gerichte von Ferrara gesendet, die einen Preis auf die Einlieferung der lebendigen oder toten Verbrecher ausgesetzt hatten.

Der eigentliche Täter, Ippolito d'Este, kam mit einer so leichten Strafe davon, daß es schlimmer erschien, als wenn man die Schuld an ihm nicht gesehen noch gesucht hätte, und daß es einer Verhöhnung des von ihm mehr als Getöteten glich. Der Herzog begnügte sich damit, den Kardinal für wenige Wochen aus seinem Angesichte zu verbannen. Nicht einmal das Gebiet von Ferrara war ihm verboten worden.

Aber er hätte es auch nicht verlassen können, denn er lag schwerkrank darnieder in der stillsten und verborgensten Kammer seines Stadtpalastes— so antwortete wenigstens seine Dienerschaft auf die vorsichtigen Fragen der Ferraresen. Ob es so sei, oder ob der Kluge sich nur sterbend stelle, um die gegen ihn empörte öffentliche Stimme zu besänftigen, darüber waren die Meinungen verschieden.

Von dem Gerüchte der Erkrankung des Kardinals erfuhr der Blinde von Pratello nichts; denn die zwei einzigen sehr ungleichartigen Ferraresen, die ihn besuchten, Don Ferrante und Ludwig Ariost, hüteten sich aus verschiedenen Gründen und Interessen, ihn davon zu unterhalten.

Der Dichter, welcher nach Pratello kam, um nach seiner Art den Blinden zu trösten und seine Seele zu erfreuen, war ein Höfling des Kardinals und setzte Wert auf das Wohlwollen dieses gefürchteten Beschützers. Er hielt sich ohne Falsch in der Schwebe zwischen Schlächter und Opfer; er bedauerte seinen Freund, ohne seinen Gönner zu verabscheuen, dessen Namen er in Pratello nie über die Lippen ließ, um ihn nicht von Don Giulio verfluchen zu hören, um nicht das Gemüt des Blinden im Grunde aufzuwühlen und auf lange Tage zu verfinstern.

Don Ferrante dagegen kam in andrer Absicht. Er weidete sich am Schmerze des Bruders, weil er Pläne darauf baute. Er vergiftete seine Wunde, weil er sie nicht heilen lassen wollte. Sie sollte immer heftiger brennen, damit der Groll des von Natur nicht Rachsüchtigen gegen die älteren Brüder, den schuldigen und den gleichgültigen, immer tiefer glühe. Er nahm sich darum in acht, dem armen Herzen mitzuteilen, daß der Kardinal auch nicht heil und ungestraft geblieben, sondern heimgesucht sei von schwerer Krankheit, und damit gar sein Mitleid zu erregen. Der Blinde sollte ihm nützlicher werden, als ihm der Sehende je gewesen war.

Don Giulio hatte in Pratello verschiedene Stufen des Elendes überschritten. Nach den ersten, langen, im Dunkel verstöhnten Tagen und Nächten, sobald die Fieber des Körpers und der Seele nachgelassen hatten, suchte er nach seiner genußbedürftigen Natur die Berührung der sanften Lüfte und den Geruch der Blumen. Er vergrub sich in die kühlsten Blätter, unter die duftigsten Zweige seines Gartens.

Zu dieser Zeit fing Ariost an, den Freund zu besuchen, vor dessen unheilbarem Elend ihm anfangs unüberwindlich gegraut hatte. Er wandelte mit ihm durch die Laubgänge von Pratello und legte sich neben ihn auf den weichen Rasen. Er war dafür besorgt, daß die Schaffnerin Körbe voll saftigster Früchte und Schalen edeln Weines bringe, und ließ den Blinden genießen und schlürfen.

Er klagte mit ihm das Verhängnis als etwas Unpersönliches an. Er lobte die Mäßigung des Empfindens wie im Glück also im Unglück und meinte, es hänge alles von der Farbenbrechung der Seele ab; Glück könne schmerzen, und Unglück—als Tragödie betrachtet—lasse sich genießen. Ja, er behauptete, auch der Sinnlichste besitze eine geheime stoische Ader, und über den Geschicken zu stehen, gewähre eine göttliche Genugtuung.

Eines Tages zog er auch beschriebene Rollen aus der Tasche und begann mit wohllautender Stimme, Strophe nach Strophe, die schlanken Gestalten und die herrlichen Entfaltungen seines Heldengedichtes in Don Giulios Ohr tönen zu lassen, bis sich nach und nach das Dunkel heller färbte und in der entzückten Seele des Blinden eine Sonne aufging.

Im Anfange beachtete er wohl, solche Gesänge zu wählen, deren Grundstimmung ein heroischer Ernst oder Ergebung im Leiden war. Trennungen, Aufopferungen, Erniedrigungen und ähnliches passives Heldentum!

Da rührte es oft den Dichter, wie tief Don Giulio den schmerzvollen Wahnsinn Rolands mitempfand, trotz der schalkhaften und grotesken Darstellung, mit welcher der Dichter seiner Frohnatur gemäß den Schmerz wieder aufhob. Das ins Komische Übertriebene der Leidenschaft, die von Roland, wie ungeheure Ausrufungspunkte, in die Luft geschleuderten Felsstücke störten das Mitgefühl des Blinden nicht.

Endlich aber, da Meister Ludwig den Freund mit seinen zweiundzwanzig Jahren so schlank und schön neben sich ins Gras gestreckt sah, die rasch geheilten zwei Wunden im unter dem Haupte ruhenden Arme verborgen, stachelte ihn die Freude an dem von ihm eben neu Geschauten und Geschaffenen, einen Gesang vorzutragen, der nichts als Farbe, Lust und Leichtsinn war und in dem das trunkene Leben über flatterndem Haar die lauten Becken schlug.

Da dies zum ersten Male geschah, legte der Este die feine Hand auf die des Dichters und das Manuskript zugleich. "Etwas anderes, Ludwig!" sagte er, "das ist nichts für einen Blinden!"

Da weinte der Poet innerlich über diese Abwendung von der Freude, obwohl er sie höchst erklärlich und würdig fand. Auch kam sie ihm nicht ganz unerwartet, denn er hatte unlängst einem kleinen Auftritte beigewohnt, der ihm einen Blick in die Seele des Blinden gewährte.

Coramba, die frühere Hausgeliebte des Este, hatte sich, nach der zugreifenden Art solcher Wesen, bei dem Verbinden der durchstochenen Augen aufs löblichste betätigt und ihren erblindeten Herrn gepflegt und geführt, bis er sich selbst zu helfen wußte. Im Freien aber hatte er das aufdringliche Geleit nie geduldet, schon weil ihn die unterdrückten Mitleidsrufe seiner Untergebenen: "Da kommt der arme Herr mit seiner Kreatur!" oder: "Sie hütet ihn wie eine Mutter!", die sein geschärftes Ohr vernommen hatte, gründlich verdrossen.

Eines Tages nun erkühnte sich die Coramba, den Blinden in Gegenwart des Ariost zu umfangen und wie ein Kind zu herzen. Der Este aber schob sie gemach und kühl auf die Seite und sprach: "Gehe, Coramba, gehe auf immer! Du bist nichts für einen Blinden! Gehe, und nimm meinen Dank mit."

Sie gab ihm recht und ging noch an demselben Tag, nachdem sie sich, ohne daß er es ihr wehrte, die Taschen mit seinem Golde gefüllt hatte, ein wärmeres Klima aufzusuchen.

Auf seinem weiten Besitztum lebten und arbeiteten für ihn Hunderte von ländlichen Familien, fleißige, genügsame Leute, deren bewundernde Anhänglichkeit das wilde und üppige Treiben des jungen Gebieters nicht hatte zerstören können. Jetzt in seinem einsamen Unglück traten seinen

Gedanken diese treuen und harmlosen Nachbarn täglich näher. Er fing an, wenn er ihnen auf seinen lichtlosen Gängen begegnete, ihre Stimmen zu unterscheiden, sich von ihrer Lage zu unterrichten und an ihrer Sorge teilzunehmen. Ihr einfaches, echtes Mitleid tat seiner kranken Seele wohl, und er sprach von ihnen zu Ariost wie von Brüdern und Schwestern.

Solchen und ähnlichen Äußerungen des Blinden entnahm der Poet, daß der Este sich in einer andern Lebensabteilung, unter einer andern Menschenklasse einzurichten begann, als die war, welcher er bisher angehört hatte, in derjenigen der Unglücklichen und Leidenden, der Benachteiligten und Enterbten, in einem Lebenskreise, der offenbar unter andern Bedingungen stand und andern Gesetzen folgte als die Vollsinnigen und zum Genusse Berechtigten.

Auch erriet Meister Ludwig, daß der Este diese seine Herabwürdigung und Entwertung nicht immer dem Hasse der Menschen oder dem blinden Verhängnisse, sondern, in gewissen Augenblicken wenigstens, einer eigenen Verschuldung zuschrieb. So mußte es in der Tat sein. Diese mußte teil daran haben. Wenn in des Dichters sonst so hellen Bildern mitunter die Nemesis waltete—wie bisweilen ja auch in der wirklichen Welt, laut dem Sprichworte, die Strafe der Missetat auf dem Fuße folgt—, dann versank Don Giulio in Nachdenken, und Ariost vernahm wohl einen erstickten Seufzer.

Bei solchen Wahrnehmungen aber hütete er sich, auf ein Gefühl, das er an sich selbst nicht kannte und das ein flüchtiges sein konnte, unzart zu drücken, teils weil er jedes fremde Eingreifen in einen Seelenvorgang als Gewalttat verabscheute, teils auch, weil er sich, leicht beschwingt, wie er war, und immer auf die sonnige Oberfläche der Dinge zurückstrebend, am wenigsten dazu berufen fühlte.

Denn der Quell echter Reue, das wußte er, sprudelt in heiligen Tiefen, und nur in der einsamen Stille seines göttlichen Ursprungs waschen sich schuldige Hände und Seelen rein.

Ihm aber schauderte vor dem Verharren in solcher gestaltlosen Tiefe. Alles, was er dachte und fühlte, was ihn erschreckte und ergriff, verwandelte sich durch das bildende Vermögen seines Geistes in Körper und Schauspiel und verlor dadurch die Härte und Kraft der Wirkung auf seine Seele.

Meister Ludwig trug auf der Tafel seiner offenen Stirn das sittliche Gebot geschrieben, doch allerlei lustiges und luftiges Gesindel tanzte über die helle Wölbung und hauste in den dahinterliegenden geräumigen Kammern, ohne daß der Dichter selbst seine Mieter alle recht gekannt hätte.

Auf Don Giulio aber wirkte er wohltätig, und wenn er von ihm schied und der Este ihn begleitete, gingen sie Hand in Hand durch den Platanengang von Pratello, ohne daß der Blinde den Schauenden beneidete, oder dieser jenen bemitleidete, als zwei gute Brüder; denn die Liebe hatte für den Augenblick jeden Unterschied zwischen ihnen aufgehoben.

Mehr Besuche aber noch als von Ariost erhielt Don Giulio von seinem Bruder Don Ferrante. So mischte sich ein dunkles stygisches Gewässer in den hellen Einfluß des Dichters und verwüstete Don Giulios Seele in einer Tiefe, wohin Ariost nicht gelangen konnte.

Don Ferrante war ein wunderlicher Zwitter, gemengt aus geistiger Armut und unerschöpflichem Erfindungstriebe. Seine Jugend war unter dem Drucke beständiger Furcht verkrüppelt. Als Kind schon Zeuge unzähliger Intrigen und Komplotte in Ferrara selbst und ängstlicher Zuhörer, so oft noch grausamere Dinge von den anderen italienischen Höfen seiner Zeit berichtet wurden, fühlte er sich von jeher von Schrecknissen umgeben, denen seine unehrliche und machtlose Natur keinen andern Widerstand entgegensetzen konnte als den der wechselnden Maske und der seltsamsten Erfindungen. Er verleumdete, um der Verleumdung die Spitze zu bieten; er zettelte kleine Verschwörungen an, um keiner Familienintrige zum Opfer zu fallen. Alles aus geheimer Furcht und ohne Ernst und Folge, außer daß er dabei immer unwahrer und verschrobener wurde.

An jenem Abend aber, da derjenige seiner Brüder, gegen den er am wenigsten Mißtrauen hegte, auf schauerliche Art in der Mitte des Hofstaates überfallen und der Augen beraubt wurde, geschah ein Riß in seinem schwachen Geiste, und von nun an stand es ihm fest, daß er selbst, als der gefährlichere der beiden, wie er meinte, einer noch schrecklicheren Vernichtung entgegengehe.

Die krankhafte Angst, die ihm keinen harmlosen Moment mehr gönnte, ihm den Schlaf raubte und ihn jede Speise, jeden Becher beargwohnen ließ, steigerte seine Furcht vor seinen zwei regierenden Brüdern zum verzweiflungsvollen Haß, und er entschloß sich, sie zu entthronen und zu töten.

Dazu aber bedurfte er seines geblendeten Bruders.

Don Ferrante hatte nämlich die Wahrnehmung gemacht, daß die rechtlose und gerichtlose Blendung Don Giulios gewaltig auf das öffentliche Gefühl gewirkt hatte, nicht zu reden von dem schändlichen, die Einbildungskraft aufregenden Vorgange selbst. Ferrara, auf welchem ein Joch der Knechtschaft und der Befehl unbedingten Schweigens in Staats—und Hofsachen härter als sonst irgendwo in Italien lastete, Ferrara sogar, wo sich freilich dieses Unerhörte zugetragen hatte, geriet in Gärung. Es mußte ein besonderes Verbot erlassen werden, sich um Don Giulio zu kümmern, nach ihm sich zu erkundigen, oder gar sich Pratello zu nähern und seine Gebüsche zu umschleichen.

Natürlich geschah es, daß das Bild des Geblendeten in den Gedanken und Gesprächen der Ferraresen sich veredelte und aus dem zügellosen Jüngling, dessen gefährliche Buhlschaften und leichtsinniges Blutvergießen sie früher verwünscht hatten, ein bejammernswertes Opfer, ein edler Märtyrer wurde.

Dies bemerkte Don Ferrante wohl, und da er auch eine starke schauspielerische Ader hatte, sann er sich eine wirkungsvolle Szene aus, welche den Umsturz von Ferrara mit Sicherheit herbeiführen würde.

Don Giulio, zu Roß auf einem weißen, von zwei Dienern in Trauer begleiteten Zelter, mit starrenden, leeren Augenhöhlen und einer Leidensmiene; er selbst daneben, durch die Hinweisung auf die Untat und ihre Straflosigkeit das öffentliche Mitleid aufstachelnd.

Einige Einverstandene zu werben, erschien ihm als eine geringe Schwierigkeit, denn das herkömmliche Material eines Aufruhrs in einer kleinen italienischen Tyrannenherrschaft mangelte auch in Ferrara nicht. \XDCber das Weitere war sich Don Ferrante nicht klar geworden; aber ein schneller Überfall und die Ermordung des Herzogs und des Kardinals erschienen ihm unerläßlich.

Mit diesen Ausgeburten seiner Angst und Bosheit verfolgte er täglich den armen Blinden. Dieser aber sträubte sich gegen die Ermordung der Fürsten aus Menschlichkeit und verwarf mit einer edeln Empörung, deren er, solange er nur genoß und schwelgte, niemals fähig gewesen wäre, die ihm angesonnene Rolle eines Mitleid erregenden Schauspiels. Er schämte sich, auf den Märkten von Ferrara sich selber auszustellen als das Bänkelsängerbild seiner tragischen Geschichte.

Und doch blieb sein Herz dem beängstigenden Einflusse des Bruders nicht verschlossen. Was er in seinen hellen Tagen mit einem verächtlichen Lächeln als törichte Hirngespinste zur Seite geschoben hatte, das gewann in einer durch die Blindheit verdunkelten Gefühlswelt Wahrscheinlichkeit und Inhalt. Konnte nicht der unglückliche Bruder in gewissen Grenzen recht haben und ihm wirklich Schlimmes angetan worden sein? Hatte er nicht eine verstoßene Kindheit verlebt? War es nicht möglich, daß ihm noch heute nach dem Leben getrachtet wurde? War Don Giulio doch selbst, den die Hofintrigen immer angeekelt hatten, einem unbegreiflichen Attentat zum Opfer gefallen!

So war er nicht ferne davon, dem Bruder beizustimmen, wenn dieser die gepriesene Gerechtigkeit des Herzogs einen Abgrund der Ungerechtigkeit nannte, nicht besser als die teuflische Bosheit des Kardinals, und den Hof von Ferrara ein Geflecht sich erwürgender oder miteinander buhlender Schlangen, einen eklen Knäuel, den es ein Verdienst wäre zu zerhauen und zu zertreten.

Der arme Don Giulio war nicht imstande, seine eigene entsetzliche Erfahrung anders zu erklären als durch die allgemeine Verderbnis, und gab allmählich und unbewußt dem Bruder, welchem er sein Mitleid nicht versagen konnte, gewonnenes Spiel.

Er war von dem Wahn und den Verschwörungsgedanken Don Ferrantes mehr umsponnen, als er selbst es wußte, und ein neues Erlebnis gab den Ausschlag.

Unter dem durchsichtigen Himmel eines Herbsttages ritt auf einem der von der Polizei verbotenen Waldwege, die nach Pratello führten, eine Amazone, schlank von Wuchs und untadelig im Sattel, welche, wie aus einem Rittergedicht entsprungen, auf Abenteuer fuhr. Wie sie aber näher kam, trug ihr Antlitz den Ausdruck so tiefen und unheilbaren Leides, daß sie eher mit einem ewigen Schmerz das Kloster zu suchen schien.

Nun erreichte sie eine den Niederblick auf das Schloß gewährende Lichtung, glitt vom Pferde und schlang unter den letzten Bäumen die Zügel ihres offenbar dem herzoglichen Marstall zugehörigen Rappen um eine junge Ulme.

Dann schritt sie vor und war wiederum eine andre. In den feurigen, von flatterndem Kraushaar beschatteten Augen wohnte Wahrheit und auf dem weichen Munde neben einem kindlichen Zuge der Trotz der Liebe, ja eine gefährliche Entschlossenheit.

Von der Höhe des Waldrandes, an dem sie stand, erblickte sie den ganzen ruhigen Reiz der Landschaft von Pratello.

Das nur mit den notwendigsten Verteidigungswerken umgebene Schloß lag in einer unendlichen grünen Wiese, durch welche ein breiter spiegelklarer Fluß zog, wo kleine Fischerboote ihre Segel blähten. Gondeln lagen an dem vorragenden Halbrund der bequemen Landungstreppe, die unter den Säulengang des inneren Hofes und zum Hauptgebäude führte. Statt der von der kriegerischen Zeit geforderten Festungsgräben hielt der Fluß die schöne Wohnstätte mit ihren Umfassungsmauern und Rundtürmen beschützend in den Armen.

Von der Schönheit Pratellos ergriffen, suchte die Fahrende eine etwas tiefer im Wiesengrunde gelegene dichte Baumgruppe zu erreichen, in deren schwarzen Schatten eine breite Steinbank stand. In dieser Verborgenheit ließ sie sich nieder, denn sie scheute sich, Pratello zu betreten, und ließ die Stunden vorübergehen, bald das Schloß aufmerksam betrachtend, bald in ihre Gedanken versunken.

Schon stand die Sonne auf der Mittagshöhe. Da sah sie, wie an der Landungstreppe von einem alten Fährmann eine Gondel gelöst wurde, an deren Steuer er sich wartend setzte.

Nun trat ein schlanker Jüngling in schwarzer Tracht aus dem Schlosse, dessen Gesicht ein breitkrämpiger Hut beschattete, ehrerbietig beobachtet von einem Häuflein ihm folgender Diener, und durchkreuzte den von Weinlaub umrankten Säulengang. Auf der Landungstreppe bot ihm der Fährmann die Hand zum Tritte in die Gondel, die er behend, aber behutsam bestieg. Dann übergab ihm der Alte die Ruder, und während sie der Jüngling zu schwingen begann, lenkte der andere das kleine Fahrzeug mit dem Steuer.

Als sie am jenseitigen Wiesenbord anstießen, war es der Fährmann, der ans Ufer sprang und dem Jüngling beide Arme entgegenstreckte, den Aussteigenden eher bewahrend als ihn berührend. Dieser wandte sich ohne viel Besinnen in gerader oder beinahe gerader Richtung über die sanft ansteigenden Wiesen nach der Bank unter den Steineichen.

Die Lauscherin blieb nach einem leichten Zusammenschrecken und Auffahren sitzen; sie erriet den Blinden, der sich eine tägliche Anstrengung und Übung daraus machte, die Sehenden nachzuahmen, um diese und, soviel als möglich, sich selber zu täuschen, wobei ihm seine jugendliche Biegsamkeit, sein Ortssinn, sein scharfes Gehör und die Beflissenheit seines ihm jedes Hindernis sorgfältig aus dem Wege räumenden Gesindes zu Hilfe kam.

Während zwei teilnahmvolle Augen von der Steinbank aus den sich nähernden Gang des Blinden beobachteten, strauchelte der Ärmste über einen im Grase liegenden Gegenstand, den die Spähende nicht unterscheiden konnte. Er stürzte auf das Knie, schnellte sich aber, mit der vorgestreckten Linken kaum den Boden berührend, leicht und geschmeidig wieder empor, ohne nur die Gerte zu verlieren, die er in der Rechten trug. Mit dieser prüfte er nun, sie leicht in der Hand führend, den übrigen Weg, einen kleinen Verdruß auf dem blassen, vom Hute verschatteten Angesicht verwindend.

Die Hände über den Knien gefaltet, das Haupt lauschend vorgeneigt, verfolgte sie jede seiner Bewegungen.

Er kam und setzte sich auf die bemooste Bank neben sie, von deren Dasein er keine Ahnung hatte.

Was murmelte er? Was tönte nur halblaut, nur halbverständlich ununterbrochen von seinen Lippen?

Erhob er Klage gegen das Schicksal? Beleidigte oder verneinte er die Gottheit? Beschuldigte er seine Brüder? Oder sie, die ohne sein Wissen neben ihm saß? Beweinte er seine Verirrungen?

Nichts von alledem. Die Mittagsruhe, die Stunde des Pan träumte auf seinen Zügen. Don Giulio trieb ein seltsames Geistesspiel, das sie erst nach und nach aus seinen abgebrochenen Worten und geflüsterten Verszeilen erriet und zusammensetzte.

Nach der Zeichnung der Danteschen Hölle, wie sie jedem italienischen Geiste innewohnt, beschäftigte er sich damit, nicht zwar den trichterförmigen Höllenabgrund zu bevölkern, sondern einen Krater des Unglücks zu graben, dessen Stufen er auch nicht mit Verdammten und Unseligen des geisterhaften Jenseits, sondern mit den Elenden, den Leidenden, den Verzweifelnden dieses irdischen Lebens füllte—immer eine Stufe unseliger als die andere, wobei er ohne Bedenken in die unterste, dunkelste Kluft die Blinden versetzte.

Mit grausamem Genusse malte er, vor sich hin singend, diesen Ort aus. Wie sich Blinde Blinden als Führer anboten und mit ihnen in den Abgrund stürzten! Blinde Jünglinge rochen Rosenduft, aber wenn sie die Hände zum Pflücken ausstreckten, stolperten sie über Totengerippe.

Er sang die Terzinen reimlos, oder wie sie der Zufall reimte. Nun dachte er offenbar an seinen Bruder Ferrante, den er in einer höher gelegenen Kluft unter den fruchtlos Ehrgeizigen erblickte:

"Du willst, o Bruder, nach der Krone greifen!
Doch reckst du in die Höhe dich vergebens!
Doch wehren die Dämonen dir den Reifen!

Oh harte Qual des bodenlosen Schwebens!—
Ich aber bin ein König... und entthront...
In Wahrheit war ich König dieses Lebens!

Ich hatte Götteraugen, war gewohnt
Zu herrschen—was sie sahen, war mein eigen.
Doch weh, der Mörder hat mich nicht verschont...

Ich bin geblendet! Elend ohnegleichen!"

"Don Giulio", sagte dicht neben ihm eine weiche Stimme, "es gibt einen noch tieferen Abgrund des Elends—es gibt Unseligere als du bist! Das sind die, welche die Wonne ihres Lebens unbedacht und ungewollt selber auf ewig vernichten!"

Und er hörte gewaltsam schluchzen und spürte einen warmen Hauch und einen Schauer von Tränen, die auf seine Hände fielen.

Träumte oder wachte er? Er streckte bebend seine Hände aus und ergriff zwei andere, die in den seinigen zitterten.

"Wer bist du?" sagte er. "Wer darf sich noch unglücklicher nennen als der verstoßene Blinde?"

Und die Stimme: "Ich bin Angela Borgia, die deine Augen über alles liebte und sie zerstörte, dadurch, daß sie einem Bösen ihre Schönheit lobte."

Er ließ ihre Hände fahren und sprang erbleichend auf, wie wenn er fliehen wollte, stieß sich aber an der Ecke der Steinbank und schwankte.

Mit einem Strome von Tränen stürzte sie vor ihm nieder und umschlang und stützte seine Knie:

"Es ist unmöglich, daß du mir verzeihest!... Oh, könnte ich dir meine eigenen Augen geben, ich risse sie mir aus dem Haupte!... Aber, was ich dir nahm, kann ich nie dir ersetzen!... Wo ist meine Sühne? Wie soll ich büßen?"

"Arme Angela", sagte er sanft, indem er sich von ihr zu lösen suchte, "geschehen ist geschehen! Deine Schuld verstehe ich nicht—aber ich sehe, daß auch du in das Tal des Unglücks verstoßen bist. Zweimal wehe über ihn, der uns beide gemordet hat!... Dich und mich!... Sühnen kannst du nicht! Meine Augen kannst du nicht neu schaffen! Laß mich allein! Gehe und vergiß!"

Dann wandte er sich und ging. Nicht einmal zu stützen wagte sie ihn, kaum mit den Augen zu begleiten.

Er schien ruhig, aber seine Schritte schwankten. Der Alte bei der Barke sah es, eilte ihm besorgt entgegen, setzte ihn über und geleitete ihn mit den andern Dienern wie ein krankes Kind in sein Schloß.

Dort warf er sich im kühlen Saale auf sein Lager und brach in wilde Tränen aus.

So war es denn Wahrheit, was er für eine schauerliche Verzierung und phantastische Lüge Don Ferrantes gehalten, sooft ihm der Bruder die Ereignisse jenes Abends im Boskette des gefesselten Amors erzählte!...

Der Kardinal hatte das Lob Angelas an ihm gerächt!

Aber wo war die Schuld, die das Mädchen erdrückte?

Mit teuflischer Bosheit hatte er ihr das verderbliche Wort aus dem Munde gezwungen, und hätte sie feige geschwiegen und ihn beschimpfen lassen, der Arge hätte bald eine andre Gelegenheit gefunden, die spröde Kälte des Mädchens an ihm, dem völlig Unbeteiligten, den der Zurückgewiesene bevorzugt glaubte, satanisch zu rächen.

Und auch sie hatte der Ruchlose tödlich getroffen!

Ein rasender Zorn gegen den Schuldigen und nicht minder gegen den die Missetat ungestraft lassenden kaltherzigen Fürsten bemächtigte sich Don Giulios, kochte in seiner Brust und brauste durch seine Adern.

Er lechzte nach dem Untergange beider! Er sprang vom Lager auf, riß ein Blatt aus seinem Taschenbuch und schrieb an Don Ferrante mit zornigen, mißgestalteten, durcheinanderspringenden Buchstaben, er stelle zum Morde des Herzogs und des Kardinals sich an seine Seite.

Der berittene Bote war von dannen geeilt, bevor Don Giulios Blut sich beruhigte und er erwägen konnte, was er getan.

In der nächsten Frühe erschien in Pratello der Oberrichter Strozzi mit bewaffnetem Gefolge und verhaftete den Este.

"Ei, schön! Dein erster Besuch, mein Freund, nach meinem Unglück!" rief ihm der Blinde bei seinem Eintritt höhnisch entgegen.

"Es war mir vom Herzog untersagt", versetzte dieser in richterlichem Tone.

"Vom Herzog untersagt?... Hat dir der Herzog nicht auch untersagt, Schatz, mit seinem Weibe täglich und stündlich im Geiste, wie du tust, die Ehe zu brechen?... Aber dein Gericht erwartet dich, du getünchte Wand!"

Mit diesen Worten streckte Don Giulio die Hände den ihn fesselnden Schergen entgegen.

Achtes Kapitel

Wenige Tage nach der Verhaftung Don Giulios, welcher die von Don Ferrante vorangegangen war, wurden beide Brüder vor ein vom Herzog ausgewähltes Gericht gestellt. Er schied aus dem zwölf Glieder zählenden höchsten Gerichtshof die sechs jüngeren aus, so daß ein Tribunal von Silberbärten übrigblieb unter dem Vorsitze eines Jünglings; denn daß der rechtskundige Römerkopf des Herkules Strozzi die Verhandlungen leitete, verstand sich von selbst.

Das strengste Geheimnis war in dem Hochverratsprozesse vom Gesetze geboten und vom Herzog noch besonders eingeschärft. Aber es wurde, wie die meisten Geheimnisse, nur unvollständig bewahrt. Es ist anzunehmen, daß das eine und andre der beschneiten Häupter gegenüber der quälenden Neugierde einer Frau, der eigenen oder einer andern, nicht vollkommen widerstandsfest blieb.

So geschah es, daß sich über den Prozeß sowohl als über das Leben der Brüder im Kerker eine Legende mit ziemlich deutlichen Zügen bildete, und diese erzählte: die Verschwörung sei aus sehr verschiedenen Elementen herausgewachsen. Neben einigen beleidigten oder sich vernachlässigt glaubenden vornehmen Geschlechtern, den Boschetti von San Cesario zum Beispiel, habe daran mancherlei abgehauster und auf alle möglichen Auskünfte und Einkünfte erpichter Hofadel teilgenommen. Auch unbezahlt gebliebene Künstler, ein Maler, ein Bildhauer, ein stimmlos gewordener Hofsänger, vor allem aber der durch das Spiel zugrunde gerichtete Hauptmann der Schloßwache und ein gewisser zweideutiger Kämmerer des Herzogs, der, halb in Ungnade gefallen, noch im Amte stehengeblieben war. Diesen hatte Don Ferrante mit einer hohen Summe gekauft, und dieser verriet die Verschwörung, als ihm, dem Zunächststehenden, die gefährliche Rolle zugewiesen wurde, den Herzog Alfonso auf einem Maskenballe zu erdolchen. Er warf sich ihm reuig zu Füßen und bekannte. Der Herzog geriet über das Komplott in flammenden Zorn, und der sonst seiner Mächtige vergaß sich so weit, daß er dem Menschen mit einem Stocke, den er in der Hand führte— der Auftritt fand in einem Garten statt—, das Haupt blutig schlug. Dann besann er sich, begnadigte ihn und betraute den Verräter mit der Rolle des Spions unter den Verschworenen. Im Palaste Ferrantes glückte es dem Kämmerer, der einwilligenden Zeilen des Blinden habhaft zu werden, die Don Ferrante den Verschworenen triumphierend mitteilte. So geriet das entscheidende Beweisstück, Don Giulios unförmliche zornige Schriftzüge, in die Hände des Herzogs, und dieser wies es dem Gerichte zu. Mit den Schuldigen von geringerem Range wurde kurzer Prozeß gemacht. Albertino

Boschetti und der Hauptmann der Schloßwache wurden nach erlittener Folter enthauptet, die drei Künstler aufs Rad geflochten.

Mehr Umstände machte man mit den Brüdern des Herzogs. Sie wurden eingehend und in höflichen Formen verhört, ob auch ihre Schuld von Anfang an durch das unselige Schriftstück erwiesen war.

Don Giulio war vor Gericht einfach in seinen Worten, mäßig im Ausdruck seiner Gefühle und von niedergeschlagener Haltung. Er verklagte weder sich noch andre, sondern nannte seine Geschichte ein Verhängnis, ohne damit seine Schuld mindern zu wollen. Er habe, sagte er, sich den Haß des Kardinals zugezogen durch seine unabhängige Art und seinen wilden Wandel, nicht aber durch Beleidigung der brüderlichen Person. Er räumte ein, daß ihm der Kardinal über seinen Mangel an Ehrgeiz Vorwürfe gemacht, ihn wiederholt seiner Antipathie versichert und ihn davor gewarnt habe.

Dessen erinnere er sich jetzt.

Damals aber habe die an ihm verübte Tat ihn schlimmer als Mord, eine unmenschliche Ungerechtigkeit, eine höllische Grausamkeit gedeucht. Am tiefsten habe ihn getroffen, daß sie vom Herzog ungeahndet geblieben sei. Die Gleichgültigkeit des regierenden Bruders habe sein Herz gebrochen, und er habe nur noch an Rache gedacht. Jetzt aber sei ihm lieber, daß diese mißlungen sei, als daß neues Blut an seinen Händen klebte, zumal das vergossene Blut seiner Brüder, seines Fürsten!

Don Ferrante dagegen, erzählten sich die Ferraresen, habe zwar ebensowenig geleugnet, aber nach seiner zynischen Art nicht nur das Gericht, sondern auch die Hoheit des Herzogs und den Kardinal mit Schimpf und Hohn überschüttet. Jenen habe er einen engen Hirnkasten, diesen einen Philosophen des Verbrechens genannt. Dann habe er an das Gericht das Ansinnen gestellt, ihm aus seinen konfiszierten Schätzen Purpur und Gold zu einem kostbaren Hofnarrenkleide mit einer Schellenkappe auszuliefern und durch den Hofschneider dieses tolle Gewand für ihn anfertigen zu lassen. Denn es sei, so begründete er seine Bitte, der Narr, welcher von jeher in ihm gekauert, in die Tagesklarheit herausgebrochen, und diese seine intime Persönlichkeit wünsche den Sprung ins Nichts in gebührendem Gewande und mit Schellengeläute zu vollziehen.

Dies Gesuch wurde ihm aus Rücksicht auf den Herzog verweigert.

Ganz andre Bitten habe Don Giulio gestellt. Dieser habe sich im Kerker so schlicht benommen wie vor Gericht. Zuerst habe er wie ein Kind geweint, bis der Quell der Tränen völlig versiegt war. Dann, nachdem er lange Tage seinen Bruder ertragen, dessen gottlose Lästerungen und grelle Possen ihn bis zur Qual angriffen und ermüdeten, habe er um ein eigenes Gelaß gebeten und um die Gesellschaft seines Beichtigers, des Paters Mamette von Pratello.

Das sei ihm gewährt worden. Nun lasse er sich von dem Franziskaner, der seit Jahren, aber früher vergeblich, an seinem Gewissen gerüttelt, auf ein christliches Ende vorbereiten, das er eher ersehne als fürchte, da, wie er sage, das einzige Licht, das ihm in seine Nacht heruntergestreckt werden könne, das ewige sei.

Und er tat wohl daran, sich auf den Tod gefaßt zu halten.

Die Richter hatten nach dem in Ferrara gültigen römischen Recht, welches das Majestätsverbrechen mit dem Tode bestraft, einstimmig das Urteil gesprochen zu Block und Beil in Ansehung des hohen Ursprungs der Schuldigen. Aber der Herzog zögerte noch, es vollziehen zu lassen. Er zögerte, doch niemand in Ferrara, der ihn kannte, zweifelte daran, daß der Aufschub der Hinrichtung nur eine Anstandsfrist von einigen Wochen sei.

Dieses Hangen und Harren verursachte Don Giulio schlimme Tage und schlaflose Nächte. So wendete er sich wiederum an das Gericht mit dem Bekenntnis, die Geister des Dunkels mißbrauchten seine Blindheit, um seine Seele zu zerrütten, und mit der Bitte, ihm, um die langen Stunden zu täuschen, eine Handarbeit zu erlauben, wie sie ein armer Blinder betreiben könne, ein Gewebe oder Geflecht oder etwas Ähnliches. Da beauftragte das Gericht den Kerkermeister, von Pratello ein paar Wellen Stroh bringen zu lassen, wie man es zum Flechten von feinen Matten verwendet.

Nun zogen eines Tages vor den ergötzten und gerührten Augen der Ferraresen ein Dutzend Bauern von Pratello in ihrem Festgewand, die Schulter mit Garben des feinsten und glänzendsten Strohes beladen, ernsthaft durch die Straßen Ferraras nach den Kerkern im Schlosse, wo ihre Gaben zwar in Empfang genommen, sie selbst aber zurückgewiesen wurden mit einziger Ausnahme des Findelkindes Strappovero. Diesen Jungen nämlich behielt der Kerkermeister, damit er Don Giulio flechten lehre. So hatte der Blinde wieder Gesellschaft, eine harmlosere als anfangs, mit der man ihn oft kindlich lachen hörte. Aber nur für kurze Zeit.

Sobald er die leichte Kunst ergriffen hatte, schloß der Kerkermeister den von Giulio reichbelohnten Jungen aus dem Gefängnis. Dieser aber sperrte sich dagegen wie ein Verzweifelnder und klammerte sich an die Gitterstäbe, ein jämmerliches Geschrei erhebend, so daß er einen kleinen Auflauf des Mitleids verursachte in dem stillen und wohlgehüteten Ferrara.

Es war unglaublich, wie die Leute von Pratello ihren geblendeten Herrn zu lieben begannen! Sei es, daß sie seine vergangenen Übertretungen für reichlich gesühnt hielten, sei es, daß für sie auf dem dunklen Hintergrunde seines Unglücks das Grundbild seines warmen und ehrlichen Gemüts fesselnd und blendend hervortrat.

Allen diesen aufregenden Ereignissen war die Hauptperson am Hofe des Herzogs, der größte Schuldige aber in den Augen des Volkes, vollständig ferngeblieben; denn es war Wahrheit, der mächtige Kardinal rang im Dämmer eines Krankenzimmers mit seinem Gewissen und dem Tode.

An jenem Unglücksabende in Belriguardo, da Don Giulio das blutende Haupt in den Purpur des Kardinals vergrub, die erschrockenen Gäste auseinanderstoben und der erste Windstoß durch die Wipfel fuhr, hatte Ippolito nach seinen Dienern und seinen Pferden gerufen, sich auf seinen Leibhengst geworfen und war, Belriguardo verlassend, wo er sich für längere Zeit eingerichtet hatte, unter den sich kreuzenden Blitzen des Gewitters, ohne sich nach dem Gefolge und den stürzenden Pferden umzusehen, nach Ferrara geflohen. Dort in seinem Stadtpalaste, im Fackelschein der Halle, fiel sein Blick auf seinen von den verwüsteten Augen des Bruders befleckten Purpur, den die Gewitterströme nicht hatten rein waschen können, und ein Schauder schüttelte sein Gebein!

Er aber raffte seine Geister zusammen und verschloß sich in seine Kammer. Er verfiel in bleiernen Schlaf, der gegen Morgen in unheimliche Fiebergefühle überging. Dennoch verließ er das Lager und begann wie sonst seine Tagesgeschäfte. Er erzwang es, sie zu verstehen und zu beherrschen wie zu andern Zeiten. So trieb er es eine Weile. Kein Verhaftbefehl erschien, ebensowenig der Herzog selber. Täglich wuchs seine Ungewißheit und seine Unruhe. Ihn ekelte vor jeder Speise, ihm graute vor den Kissen seines Lagers; denn seine Nächte wurden immer schauerlicher, und seine Träume jagten auf immer wilderen Rossen.

Es kam eine Sonne, die ihn nicht mehr zu vollem Bewußtsein aufweckte. Er fuhr ein in einen dunkeln Schacht, der sich mit flackernden, sich drängenden Visionen bevölkerte.

Da schritt ein feierlicher Zug. Je zwei und zwei! Männer und Weiber! Das sind die vielen, vielen Opfer seines unerbittlichen und unersättlichen ferraresischen Ehrgeizes mit den minder zahlreichen seiner seltenen, aber rasenden persönlichen Begierden.

Da gehen ermordete Boten, verschwundene Gefangene, erdrosselte Zeugen und jetzt nebeneinander zwei schöne, traurige Frauen, die blonde mit triefenden Haaren, geschwollenem Hals und auf dem Rücken gefesselten Armen, die dunkle mit einer blutenden Herzwunde.

Aber während diese alle je zu zweien schritten, wandelte allein in der Mitte des gräßlichen Zuges ein Riese mit blutigen, leeren Augenhöhlen. Da plötzlich ergoß sich eine blendende Helle, ein stechend blauer Himmel breitete sich aus, in dessen Mitte eine ungeheure Waage schwankte. Sie schwankte lange. Da wuchsen, immer deutlicher werdend, aus dem Himmel zwei große Augen hervor und ließen rote Tränen in die eine Waagschale fallen, deren Becken mit metallenem Klang in die Tiefe stürzte, die andere Schale wie einen Federball hoch in die Lüfte schleudernd.

Endlich verschwand ihm alles in Angst und Nacht.

Eines Morgens, nach Monaten, erwachte er mit bis auf das letzte Mark verzehrten Kräften, aber trotz seiner Todesschwäche mit völlig klaren Sinnen.

Da sah er neben sich seinen Bruder den Herzog sitzen, der ihn mit besorgten Blicken behütete.

"Wo bin ich? Was geschah mit mir?" hauchte der Kranke.

Der Herzog erwiderte vorsichtig, die Sommerhitze und vielleicht die Sumpfluft in Belriguardo habe, wie die paduanischen Ärzte behaupten, dem Kardinal ein verderbliches Fieber zugezogen. Gleichzeitig entdeckte der Kranke mit seinen wieder schärfer werdenden Augen in einer Fensternische zwei sich zusammen beratende würdige Männer im dunklen Professorentalar, von denen er sich erinnerte, daß sie unter seine Traumgestalten getreten waren.

"Eminenz ist gerettet!" sagte jetzt der eine, und der andre nickte zustimmend mit dem Haupte.

"Ich danke den gelehrten Herrschaften für ihren Beistand", flüsterte Ippolito mit versagender Stimme, "und ersuche sie, mich eine kurze Weile mit der Hoheit des Herzogs allein zu lassen."

"Einen Moment!" erinnerte der eine der Paduaner und erhob warnend den Finger. Beide verließen die Kammer.

"Was war es in Belriguardo? Ist es wahr, habe ich den Bruder geblendet?"

Der Herzog bejahte betrübt.

"Lebt er?"

Wiederum bejahte der Herzog. "Sieht er schrecklich aus?"

"Ich habe ihn nicht mehr gesehen. Zuerst, weil ich nur an dich dachte, und dann, weil er mit Ferrante sich gegen uns verschwor, da er sich rächen wollte."

"Und du entdecktest das ohne mich?"

"Man verriet sie. Sie liegen beide im Turme zum Tode verurteilt."

Jetzt wurde leise die Tapete gehoben, und eine ärztliche Stimme bat mit Ehrfurcht um Beendigung des ersten Gespräches.

Der Herzog küßte die herabhangende Hand des Bruders mit Zärtlichkeit; denn nicht nur liebte er den Bruder, die Rettung Ippolitos gab ihm auch den unentbehrlichen Ratgeber zurück.

"Es ist ein kalter Novembertag", sagte er, sich erhebend. "Ich gebe Befehl, Feuer in deinem Kamine anzufachen."

So geschah es.

Der Kardinal starrte in die steigende Glut.

"Lodert auf, ihr Flammen und Peinen!" seufzte er und sank in Schlummer zurück.

Der Kranke erholte sich langsam, oder eigentlich, er erholte sich nicht, denn seine Kraft war gebrochen.

Täglich wurde er von Don Alfonso besucht und erhielt nun auch von den Ärzten die Erlaubnis, die an ihn einlaufenden Briefe zu öffnen.

Einen derselben hielt er einmal sinnend in der Hand, da der Herzog eintrat. Das Schreiben kam von dem Sforza in Mailand, Ludovico Moro, und hatte einen merkwürdigen Inhalt, den Ippolito dem Bruder nicht vorenthielt.

Der Fürst bot dem längst ihm befreundeten Kardinal sein Mailand zum Asyl an. Er redete zu ihm mit Bedauern, aber ohne Vorwurf von dem blutigen Vorgange in Belriguardo, welcher ihm, nach seinem Dafürhalten, ein längeres Bleiben in Ferrara und an der Spitze der dortigen Staatsgeschäfte unmöglich mache; denn es habe sich wunderbarerweise in einer Zeit, die der Gewalttaten nicht entraten könne, ein unverständlicher Zorn über die Blendung Don Giulios an den italienischen Höfen erhoben. Dagegen gebe es nun keine Waffe, und er erwarte ihn bei sich auf seinem Kastell in Mailand. Er wisse, daß Ippolito die Hoheit des Herzogs seines Bruders und die Politik Ferraras durch seine Gegenwart nicht schädigen wolle, und auch in Mailand wären genug politische Verstrickungen, deren Lösung einer geschickten Hand, wie die seinige sei, bedürfe.

"Der alte Fuchs hat recht", sagte der Kranke ruhig. "Du wirst dich, Bruder, ohne mich behelfen müssen!"

Der Herzog erschrak. "Davon hoffe ich dich abzubringen", antwortete er. "Wie sollt' ich dich entbehren!... Oder ersetzen?"

"Durch deine Herzogin", lächelte der Kardinal.

Zu wiederholten Malen kam er mit dem Herzog auf die Unmöglichkeit zurück, daß er im ferraresischen Staatsdienste bleibe.

"Ich wundere mich selbst darüber", sagte er, "doch sehe ich aus meinen Briefen, daß ganz Italien annimmt, ich werde nach der Blendung Giulios nicht mehr bei dir, dem gerechtesten Fürsten Italiens, mich halten können, sondern freiwillig die Verbannung suchen, um es deiner Gerechtigkeit zu ersparen, mich zu bestrafen oder ungestraft zu lassen.

Sterben wie ich mich fühle, gehorche ich der öffentlichen Stimme.

Aber so lange will ich noch leben und bleiben, bis wir den Dämon wieder gefesselt oder vernichtet haben, der in Kürze Italien verstören wird. Alle meine Schreiben sind voll von Don Cesare. Aus Neapel, aus Rom, aus Frankreich wird mir berichtet, Cäsar rüttle an den Gittern seines Kerkers und habe sie zerbrochen. Ich weiß aus Erfahrung, daß ein Gerücht, das die Geister durch die Luft tragen und nicht müde werden auszustreuen, sich endlich verwirklicht.

In dieser Gefahr werde ich noch neben dir stehen, dann gehe ich."

Endlich kam der Tag, da der Kranke sich erhob und Lust äußerte, am Arme eines Dieners seine Schritte zu versuchen. Dieser führte ihn in einen großen anstoßenden Saal, dessen kalte Fliesen man aus Vorsorge für den Kardinal mit feinen Strohteppichen belegt hatte.

Während er, auf den Diener gestützt, Fuß vor Fuß setzte, haftete sein Blick auf der langen Strohmatte, über die er wandelte und deren reinliche und geschmackvolle Arbeit ihm auffiel.

"Wo wurde das gekauft?... Wer hat das geflochten?" fragte er. Und der Diener antwortete verlegen:

"Beim Kerkermeister. Prinz Julius liebt solche Arbeit."

Da war es dem Kardinal, als sehe er feine königliche Hände webend über die Matten huschen. Zu seiner Rechten und Linken, vor ihm, neben ihm, aller Enden webten und regten sich zu Hunderten die weißen, fleißigen Geisterhände.

Ihn schwindelte, und er fiel dem begleitenden Diener in die Arme.

Neuntes Kapitel

Es gab in dem ältesten und untersten Stockwerk des herzoglichen Stadtschlosses, das ein schweres, an mehrere Bauarten und Jahrhunderte erinnerndes Gebäude war, einen niedrigen Saal, der auf einen inneren Hof blickte, ein wenig benütztes, einsames Gelaß, das man die römische Kammer nannte. Denn die Büsten der sieben römischen Könige standen auf ehernen Säulen längs den Wänden. Sie sahen roh und abenteuerlich aus, hatten aber einen andern als künstlerischen Wert, da sie, aus dem reinsten Silber gegossen, einen beträchtlichen Hausschatz ausmachten.

Sie blinkten seltsam in dem frühen Halbdunkel, denn es war heute der kürzeste Tag des Jahres, und den Hof verschleierte ein frühes Schneegestöber.

Den selten geöffneten Saal machte ein im mächtigen Kamin flackernder Holzstoß auf ein paar Stunden wohnlich. Offenbar wurde ein feierlicher Akt vorbereitet, denn ein Tisch mit Schreibzeug war dem breiten dreiteiligen Fensterbogen gegenüber in die Mitte des Raumes gestellt und zwei mit Wappen gekrönte Lehnstühle waren zugerückt.

Gerade über dem Tische im mittleren Felde der mit Malerei geschmückten Täfeldecke ragte über einem scheuenden Zweigespann die verbrecherische römische Tullia und zerquetschte unter den Rädern ihrer Biga die Leiche des eigenen gemordeten Vaters. Aus dem nächsten Bilde aber streckte der von seinem Bruder Romulus erstochene Remus einen kolossalen Fuß heraus.

Unter dieser Tullia und über sie pflegten Lukrezia und Angela, wenn sie im Sommer die Kühle dieses Saales suchten, in scherzhaften Streit zu geraten.

Angela drohte dann in ihrer kindlichen Weise zu der blutigen Römerin empor und klagte sie ihrer unnatürlichen Verbrechen an:

"Böse! Warum mußte man dich im Gedächtnis behalten? Warum wissen wir von dir, du Unhold! Du bist kein Weib, Mörderin des Gatten und der Schwester... Mörderin des Vaters... Verführerin des Schwagers!... Widernatürliche! Zauberin! Teufelin!..."

Dann lächelte Lukrezia, dem eifrigen Mädchen die heiße Wange streichelnd.

"So ging es nicht zu", flüsterte sie ihr ins Ohr; "die berühmte Römerin verlor sich in einer Dämmerstunde an einen Mann, sein sündiger Geist fuhr in sie, und sie wurde sein willenloses Werkzeug. So war es, glaube mir. Ich weiß es."

Leer und still war heute die römische Kammer, nur vom Hofe her tönte seit dem Mittag ein gedämpftes Hämmern und ein in unterdrückten Lauten geführtes Gespräch.

Jetzt wird behutsam auf das verrostete Schloß der Eichentür gedrückt. Sie öffnet sich knarrend, und auf den Zehen tritt Angela ein mit ernsten Augen, in Trauer gekleidet, um das Kraushaar einen schwarzen Schleier geschlungen.

Sie eilt ans Fenster, öffnet es und sieht im Hofe das die beiden Este erwartende Schafott sich erbauen.

Drei Holzstufen, ein rohes Gerüst, das man jetzt mit dunkelrotem Tuch bedeckt, der schon oben stehende Block mit schwarzem Samt überkleidet und, alles leicht umhüllend, ein dünnes Schneegestöber! Wollte es die Brüder in den ewigen Winter einladen?

Sie starrte auf die Gerichtsstätte nieder, da weckte sie ein leiser, dringender Ruf dicht unter ihrem Fenster.

"Prinzessin, nehmt Euch des armen Don Giulio an! Bittet für! Verlangt Gnade!" Noch ein flehender Blick unter einem breiten Arbeiterhute hervor begegnete ihren suchenden Augen, dann verlor sich der Mitleidige schleunigst unter die andern Zimmerleute.

Jetzt wurde von Dienern eine zweite, der nach dem Innern des Palastes führenden gegenüberliegende Tür geöffnet und eine richterliche Gestalt in fließender Toga eingeführt.

Es war der Großrichter Herkules Strozzi, der etwas unmutig schien, Donna Angela zu erblicken statt des herzoglichen Paares, das er in der römischen Kammer zu finden erwartet hatte.

Da das Mädchen in seiner Rechten eine mit Siegeln versehene Rolle sah, rief es entsetzt:

"Das Todesurteil! Ist es unwiderruflich?"

Der Richter antwortete gemessen: "Es ist noch nicht unterschrieben, doch zweifle ich nicht, daß die Gerechtigkeit Don Alfonsos es bestätigen wird."

"Gerechtigkeit! Menschliche, nicht göttliche!" sprach Angela. "Habt ihr vergessen, ihr Richter, auf wem die erste Schuld liegt? Vergaßet ihr die Quelle der Verschwörung, den Greuel des Kardinals?..."

"Das ist ein andrer Rechtsfall", erwiderte Strozzi, den die Aufregung des Mädchens verstimmte, "und hat mit unsrer heutigen Sache nichts zu schaffen!"

"O ihr Lügner und Heuchler!" rief sie aus, "wenn jemand gerichtet werden soll, wahrlich, so bin ich schuldiger als Don Giulio!"

Der Richter schüttelte ungeduldig das Haupt.

"Und die Herzogin! Vertritt sie nicht die Gnade?" fuhr sie fort. "Sie, auf die ich immer noch gezählt habe und die so große Macht über den Herzog ausübt?"

"Nicht in diesen prinzipiellen Rechtsfragen. Hier ist der Herzog unerschütterlich. Er ist überzeugt, wie von seinem Dasein, daß die Unverletzlichkeit der regierenden Person die Grundbedingung des neuen Fürstentums ist, wie es jetzt in Italien überall entsteht", sagte Strozzi. "Mit der Begnadigung Don Ferrantes und Don Giulios würde er, glaubt der Herzog, den Untergang seiner Herrschaft besiegeln. Donna Lukrezia ist viel zu klug und hat sich von jeher gehütet, an eine persönliche Überzeugung des Herzogs zu rühren."

"Und Ihr?" reizte sie ihn, "Strozzi, teilet denn Ihr zuungunsten Eures blinden Freundes die fürstlichen Überzeugungen des Herzogs?"

"Ich vertrete das Recht in seiner Strenge!" versetzte der Richter stolz.

Da wurde die breite, ins Innere des Palastes gehende Tür auseinandergeworfen, und es erschien der Herzog mit der Herzogin.

Während sich Angela in die bergende Fensternische zurückzog, nahmen die Hoheiten nebeneinander auf den Sesseln Platz, und ihnen gegenüber stand am Tische der Oberrichter und entfaltete seine Rolle.

"Das Urteil ist mir zwar bekannt", begann Don Alfonso, "und ich habe es Punkt um Punkt erwogen. Aber um den Formen zu genügen, Strozzi, leset es uns, bevor ich unterzeichne, noch einmal langsam!"

Dieser, den die Gegenwart der Herzogin berauschte, trug, nicht ohne sich mitunter ärgerlich zu mißreden, zum Verdruß des jedesmal den Irrtum verbessernden Herzogs, das Erkenntnis feierlich vor.

Unterdessen ertönte von ferne aus dem Gefängnisturme das Totenglöcklein, und Angela erblickte durch das Fenster den Hinrichtungszug und sah, wie die beiden Este mit einem Franziskanermönch und den Scharfrichtern das Blutgerüst betraten.

"Gebt, Oberrichter, damit ich unterzeichne", sagte Don Alfonso und tunkte die Feder ein.

Da verließ Angela ihr Versteck und warf sich dem Herzog, seine die Feder führende Hand mit ihren beiden festhaltend, zu Füßen!

"Nein, Don Alfonso! Nicht Euern Bruder, sondern mich lasset bluten!… Ich bin die Schuldige! Bis heute schwieg ich, weil ich immer noch auf Euer und auf Lukrezias Erbarmen hoffte! Jetzt aber sei's gesagt! Zweimal war ich Don Giulios Verderben! Das erste, da ich mit meinem Lobe seiner Augen seinen Bruder, den Teufel, reizte—das zweite, da ich Eurem Gebote zuwider in seinem Pratello den Geblendeten aufsuchte und, mein Leid auf seines häufend, ihn zur Verzweiflung trieb!…"

Der Herzog maß die seine Knie umfassende Borgia mit erstauntem, mißbilligendem Blicke, doch ehe er ihr antworten konnte, wurde die Tür wieder geöffnet und es erschien, allen unerwartet und von niemand geladen, der kranke Kardinal.

Verzehrt bis zur Entkörperung, leicht gebückt, mit durchdringenden Augen unter der kahl und hoch gewordenen Stirn, schien er lauter Geist zu sein, grausam und allwissend.

Seine Diener rückten ihm einen Stuhl an den Herd, und er setzte sich neben die Flamme, während die Herrlichkeiten sich ihm zuwandten.

"Ich bin zum Hochgericht gekommen, obgleich mich niemand rief", sagte er mit leiser Stimme…

"Doch ich habe eine Bitte an dich, Bruder!…"

Schon aber hatte sich die verzweifelte Angela von den Knien erhoben, stand vor dem Feuer und unterbrach ihn…

"Trittst du immer der Gnade in den Weg, Widersacher! Beruhige dich, du wirst Blut trinken! Hier ist keine Gnade… Hier ist die Hölle!… Um dich, mit dir, in dir war die Hölle von Anfang an! Ist es doch ein Wort des Heilands, das dich zum Greuel trieb! Das uns beide in die Verdammnis wirft!

Die Purpurfarbe des göttlichen Erbarmens dringt durch bis in das persische Märchen, sagte diese hier",—sie ergriff Lukrezias Hand— "aus deinem Purpur aber, Kardinal, bricht Haß und Blut hervor, sobald man den heiligsten der Namen nur nennt!…"

"Schweige, törichtes Mädchen!" bebte es von den Lippen des Kardinals. "Ich könnte dich erwürgen! Ich bin deiner—ohne Gewährung— übersatt. Du bist mir ein Abscheu!… Du hast mir die Augen meines Bruders verhaßt gemacht, die Himmelsaugen, die mich früher voll Vertrauen anschauten!"

"Krank, und immer noch grausam, Ippolito?" sagte die Herzogin und zog Angela in ihre Arme. "Hat diese nicht recht, wenn sie sagt, daß die Fabel Ben Emins etwas an alledem verschuldet hat?"

Der Kardinal wandte sich langsam gegen seine Schwägerin, und seine Augen brannten.

"Was weiß man von dem Nazarener?" sagte er. "Was man von seinen Reden und Taten erzählt, ist unglaublich und unwichtig. Ich kenne ihn nicht. Wird ein Gott gekreuzigt?... Ich weiß nur von dem durch die Kirche in den Himmel erhöhten König, von dem durch die Theologie geschaffenen zweiten Gotte der Dreifaltigkeit. Sein der Himmel! Unser die Erde! Unser ist hier die Gewalt und das Reich! Und es ist Herrscherpflicht, das Schädliche und Unnütze, das uns widersteht, zu vernichten.

Doch wir philosophieren hier, und draußen erwarten zwei den Tod...

Mit einem Worte, Bruder, sie dürfen nicht sterben!... Du gibst sie mir! Schütte kein Blut mehr über mein Haupt... Es verwirrt und erstickt mich.— Sehen darfst du die Fürstenmörder nicht mehr! Verbirg sie im Kerker, aber laß sie leben um meinetwillen!"

Der Herzog sann mit geneigtem Haupte, dann sagte er: "Ich tue es ungern, es schädigt mein Fürstenrecht. Aber ich will es lieber, als daß dich zwei abgeschlagene Häupter ängstigen und zwei Tote in die Gruft nachziehen.

Ich tue es dir um des vielen willen, was du für Ferrara getan hast.

Man öffne den Balkon! Wir treten hinaus, und Ihr, Großrichter, leset das Urteil mit dem Zusatze der üblichen Begnadigungsformel."

Sie erhoben sich; der Kardinal aber blieb an der heruntergebrannten Glut sitzen. Er ließ sich eine Decke über die Knie legen, lehnte sich in seinem Stuhle zurück und schloß die Augen. Er wünschte nicht, als Zeuge der ihm gewährten Begnadigung gesehen zu werden.

Diener brachten Mäntel, Kopfbedeckungen und Überwürfe, um die ins Freie tretenden Herrschaften vor der Winterkälte zu schützen.

Während Lukrezia sich in die Kapuze eines blendend weißen, aus der feinsten flämischen Wolle verfertigten Nonnenmantels hüllte und Donna Angela ihr dabei behilflich war, näherte sich ein Page mit unschuldigem Gesicht, bog rasch, wie ein Chorknabe vor dem Altar, das Knie vor der Herzogin und überreichte ihr in einer silbernen Schale zwei verschiedene Briefe, ein umfängliches Schreiben und ein leicht zu verbergendes Briefchen.

Lukrezia ließ einen schnellen Blick auf ihre Überschriften fallen. Es war die schönfließende Handschrift Bembos und auf dem kleinen Briefchen—Lukrezia erschrak zu Tode—das feine Frauenschriftchen Cäsar Borgias.

Sie ließ beides in ihren weiten weißen Ärmel gleiten, und da Angela sie mit ängstlicher Frage anblickte, legte sie, Schweigen fordernd, den Finger an den Mund.

Die Frauen traten auf den Balkon hinaus und erblickten in dem engen Hofe auf dem Schafott ganz nahe unter sich die beiden Brüder.

Das Schneegestöber hatte aufgehört, und ein lichter Abendhimmel blickte von hoch oben zwischen Mauern und Türmen herab.

Das wimmernde Glöcklein schwieg, und Herkules Strozzi, der zwischen dem mit beiden Händen auf den eisernen Korb des Balkons sich stützenden Herzog und Lukrezia stand, begann das Urteil mit völliger Gedankenlosigkeit vorzulesen. Denn das wunderbare Weib an seiner Seite zitterte unerklärlich unter der weißen Wolle, und ihre blassen und doch feurigen Augen schauten groß und geisterhaft unter der Kapuze hervor.

Er empfand jene seltsame Angst, welche die Begleiterin der höchsten Leidenschaft ist.

Während er die Begnadigungsformel verlas, welche die Todesstrafe in ewigen Kerker verwandelt, und die also beginnt:

"Die Hoheit, aus der Fülle ihrer Macht und zugleich aus dem Born ihrer Gnade schöpfend..." erhoben die Begnadigten ihre Häupter und schickten sich an, dem Herzog zu danken.

Don Ferrante hatte sich mit verändertem Entschlusse würdig in schwarzen Sammet gekleidet, und seine Züge, frei von den Zuckungen und Verzerrungen, die sie zu entstellen pflegten, waren ernst und gelassen.

"Ich danke dir, Bruder Herzog", begann er, "aber ich nehme deine Gnade nicht an. Ich habe mein Leben stets verabscheut; warum, weiß ich nicht. Und da ich es nicht liebte, habe ich es mißbraucht und mich und andere verachtet. \XDCberall, wohin ich darin zurückblicke, sehe ich nichts als törichte Larven, Hohlheit, Neid und Nichtigkeit... nirgends eine reinliche Stapfe, wo Erinnerung den Fuß hinsetzen könnte, ohne ihn zu beschmutzen! Ich fürchte mich vor dem Leben, das du mir schenkst! Und ich sehne mich, meines Ichs und seiner Angst ledig zu sein.—Lebet wohl, Brüder!"

Er zog eine kleine, mit flüssigem Gift gefüllte Phiole, die er sich mit Gold für alle Fälle erkauft hatte, aus dem Busen und zerdrückte sie zwischen den Zähnen, bevor ihn jemand daran hindern konnte. Er stürzte rücklings nieder und begann schmerzlich zu röcheln.

Während der erschrockene Pater Mamette sich über den schon Entseelten beugte, brachten die Scharfrichter einen der bereitgehaltenen Särge, der Mönch bettete den Toten hinein, und sie trugen ihn weg.

Der Blinde war ganz allein auf dem Blutgerüste stehengeblieben und weinte, denn er hatte gehört und erraten, was vorging.

Dann wandte er das Haupt nach der Zinne, wo seine Begnadigung verkündigt worden war, hinauf zu dem schweigenden Don Alfonso, den er dort vermutete:

"Herzog, ich bin dankbarer für das Leben. Nicht wie Don Ferrante vergelt ich deine Gabe! Ich habe den Reichtum meines Daseins wie ein Unsinniger verschwendet. Nun ich blind bin und unter die Ärmsten der Armen gehöre, schätze ich das Almosen und halte es teuer. Ich bin von den Reichen zu den Armen gegangen. Ich bin gestürzt und an der andern Seite der Kluft emporgeklommen, welche die Genießenden und Satten der Erde von den Hungrigen und Durstigen trennt. Die Freude und ihre Genossen habe ich verlassen—ich gehe zu den Leidensbrüdern. Ja, redlich leiden und dulden will ich, und darum dank ich für das neue Leben!" Da richtete der Herzog fast gütig das Wort an seinen blinden Bruder:

"Ich habe nicht alles begriffen, was Ihr geredet habt, Don Giulio; aber ich entnehme daraus, daß Ihr leben und Euch bessern wollt. Das ist ebenso verständig als christlich. So reut es mich nicht, daß ich Euch begnadigt habe." Und er gab das Zeichen, den Este in sein Gefängnis zurückzuführen, das im Eckturme eines andern Hofes lag.

Er hatte noch nicht geendet, so verließ Donna Angela, die unter einer leichten schwarzen Halbmaske der Begnadigung beigewohnt hatte, auf fliegenden Sohlen die römische Kammer, um, über Gänge und Stiegen eilend, ihr abgelegenes Turmgemach zu erreichen. Unter ihrem Erker mußte der Gefangene vorbeigeführt werden, und dort pflegte sie duftende Rosen. Davon brach sie die schönste und öffnete leise das Fenster.

Jetzt kam er mit Pater Mamette, der ihn an der Hand führte. Sie warf ihm die Rose zu.

"Da fliegt eine rote Rose auf Euch nieder", sagte der Franziskaner, indem er sie geschickt auffing und dem Blinden überreichte. "Eine Güte Gottes begleitet Euch ins Gefängnis!"—und als der Blinde nach der falschen Seite hin sich verbeugte: "Nach rechts, Herrlichkeit! Die Blume fiel vom Fenster der Prinzessin Angela."

Da winkte Don Giulio mit beiden Armen empor und rief:

"Ich grüße dich, geliebtes Unglück!" Auf dem Balkon des Urteils hatte während der Rede Don Alfonsos Lukrezia mit feinen Fingern den Brief Don Cesares geöffnet und in verborgener Eile gelesen. Er lautete ehrgeizig und unheimlich fromm: "Schwester, vernimm, daß es nach so vielen Widerwärtigkeiten Gott unserm Herrn gefallen hat, mich aus dem Kerker zu ziehen. Möge diese herrliche Gnade zu seiner größern Ehre gedeihen! Ich strebe nach allem und verzweifle an nichts. Sende mir einen Mann nach Deiner Wahl, den besten und begabtesten, den Du finden kannst, der mir in Italien dazu behilflich sei. Nimm von ihm, wie Du es kannst, für mich Besitz. Du wirst wagen, denn Du liebst mich. Schicke mir ihn zu meinem Schwager dem Herzoge von Navarra. Ich umarme Dich."

Mit brennenden Wangen, in der Schönheit des Wahnsinns, unfähig, dem Dämonenruf zu widerstehen, unempfindlich in diesem Moment für Furcht und Ehre, bestrickte Lukrezia den Richter, Leib und Seele, mit einem Blicke der Verführung.

Sie hielt ihn auf dem Balkone zurück, während der Herzog ins Gemach trat und sich an den Tisch setzte, der sich inzwischen mit eben angelangten, alle von Rom oder Neapel kommenden, an ihn und den Kardinal gerichteten Briefen bedeckt hatte.

Der beim Eintritte der Boten auflebende Ippolito hatte sich erhoben und gesellte sich seinem Bruder. Sie entsiegelten die Botschaften und waren bald in das wichtigste Gespräch versunken; denn alle diese Papiere handelten nur von einem Gegenstande, der Befreiung des Cesare Borgia und der Aussicht auf seine baldige Erscheinung in Italien.

Der fernblickende Kardinal war von der Größe der politischen Gefahr überzeugt und hingenommen, doch entging ihm auch das Nächste nicht, er ahnte den Zusammenhang. Sein Auge streifte den jetzt mit der Herzogin in einer Fensternische sich unterhaltenden Großrichter und verfolgte die reizenden Biegungen und Wendungen ihres zarten Schlangenhalses.

Mit dem frevelhaftesten Mut nahm in Gegenwart des Herzogs Lukrezia Borgia von Herkules Strozzi für den Bruder Besitz. Der verwildernde Strozzi verlangte noch frevelhafter seines Wunsches gewährt zu sein, bevor er in so gefährlicher Sendung das Leben wage. Da bebte Lukrezia vor Zorn und Abneigung.

"Geh!" flüsterte sie ihm zu, und das Licht ihres Verstandes durchblitzte ihre Leidenschaft. "Geh zu Cesare! Schiebe nicht auf!... Willst du warten, Tor, bis der Herzog das Kommen meines Bruders erfährt und uns allen bei Lebensstrafe verbietet, mit ihm zu verkehren?... Dann erst ist dein Leben verwirkt. Eile!... Sieh hinüber... jetzt vernimmt er das Ereignis! Fort aus den Toren von Ferrara!"

Strozzi zögerte aus schlimmen Absichten, und schon kam der Rat zu spät.

Vor dem Herzog stand sein Haushofmeister, dem er den Auftrag gab, sofort den ganzen Hofstaat und alles Ingesinde des Palastes in die römische Kammer zusammenzurufen.

In wenigen Minuten füllte sich diese. Der Herzog trat in die Mitte der Versammlung und redete, Lukrezia fest an der Hand haltend:

"Ihr alle! Eben erhielt ich gewisse Nachricht, daß Don Cesare Borgia, den sie den Herzog der Romagna nannten, aus Spanien entflohen ist und jeden Augenblick unter uns erscheinen kann.

Dieser Mann ist ein Zerstörer und Verderber Italiens. Wer von euch mit ihm sich einläßt, auf welche Weise immer es sei, büßt dafür mit dem Leben. Ohne Unterschied! Ohne Gnade!

All dieses unbeschadet meiner Hochachtung und eurer Verehrung für Donna Lukrezia, eure erlauchte Fürstin, der ich traue wie mir selbst, und der ihr zu gehorchen habt wie mir selbst."

Er drückte ihr die Hand und sie gab ihm einen warmen Dankesblick, obgleich sie ihn verriet.

Bei dem allgemeinen Aufbruch begleitete der Oberrichter den Kardinal, der sich, die Treppe hinabsteigend, auf ihn stützte, bis zu seiner Sänfte, und dieser scherzte:

"Eigentlich ist es kein Wintergespräch... aber sagt mir, Strozzi, wie stellt Ihr Euch das Gefühl einer Mücke vor, die sich die Flügel an einer brennenden Kerze versengt? Meint Ihr, daß sie Schmerz fühle? Ich meine, kaum, sonst würde sie sich nicht immer von neuem in die glänzende Flamme stürzen! Ich denke, sie stirbt in Rausch und Taumel!... Nicht?"

Zehntes Kapitel

Nachdem Lukrezia auf jenem Balkon über dem Blutgerüst der beiden Este, von dem Triumphschrei und Hilferuf Don Cesares erschreckt und überwältigt, in plötzlichem Liebesgehorsam gegen ihren Bruder den Richter Strozzi zu ihrem Mitschuldigen gemacht hatte, fiel sie ein paar Stunden später, aus dem Zauber halb erwachend, in Reue und fühlte sich voll Bitterkeit gegen den feigen Mann, der, statt vor ihrer Schwäche enthaltsam zurückzutreten, das Verhängnis ihrer alten Knechtschaft mißbrauchte, um, der Niedrige, Forderungen zu stellen, die sie, solange sie ihrer selbst und ihrer vollen Besinnung mächtig blieb, niemals gewähren konnte. Ein tödlicher Widerwille gegen den seiner Leidenschaft blind gehorchenden Richter, der ihr, seiner Fürstin, einen gemeinen Handel antrug, bemächtigte sich ihrer. Sie war schuld daran, und sie haßte ihn darum.

An jenem Abend entfaltete Lukrezia in der Heimlichkeit ihres Schlafgemachs ihren zweiten Brief.

Hier meldete ihr der treue Bembo von Rom aus die Wiedererscheinung Don Cesares in Italien und beschwor sie kniefällig, so schrieb er, nicht einen Augenblick zu zögern, sondern sich ihrem Gemahl flehend in die Arme zu werfen und dort durch das Bekenntnis ihrer Schwäche Schutz gegen sich selbst zu suchen.

Über dem Brief war sie todesmüde bei brennenden Kerzen in Schlummer gesunken, aber aus den beginnenden Träumen wieder aufgefahren. Es hauchten Geisterwinde und bewegten die Flämmchen der Kerzen.

Sie starrte in eine dunkle Ecke, bis ihre unverwandten Blicke dort die Erscheinung Cäsars gestalteten. Jetzt, jetzt trat er hervor und schritt auf ihr Lager zu, die Samtmaske, die er immer trug, von den wohlbekannten, bleichen Zügen hebend.

Da stieß Lukrezia durchdringende Schreie aus und weckte damit die in der Kammer nebenan schlafende Angela, die ihr zu Hilfe eilte und bis zum Hahnenschrei neben ihr saß.

Im ersten Morgenschimmer las die Herzogin den Brief Bembos zum andern und zum dritten Male. Dann erhob sie sich schleunig und lief im Schlafgewand auf nackten Sohlen über die kalten Steinplatten der Schloßgänge in die Kammer Don Alfonsos.

Sein Lager war leer. Er war in noch früherer Stunde verreist, eine Zeile zurücklassend, er eile nach Bologna, um bei der Gefahr dieser Zeit an der Seite seines Lehnsherrn, mit dem nicht zu scherzen sei, der Heiligkeit Julius' des Zweiten, in Treue gefunden zu werden. Er gebe seiner Gemahlin die Regentschaft und zum Berater den Kardinal Ippolito.

Hilflos, schutzlos, weinend wie ein Kind, kehrte Lukrezia in ihre Kammer zurück.

Im hellen Tageslicht wichen die Gespenster, doch die Herzogin, deren der Bruder sich nach und nach wieder völlig bemächtigte, begann mit allen Kräften ihres Geistes für ihn zu wirken und jede Stunde ihres Lebens in seinem Dienste zu verwenden, indem sie sich einbildete, sie tue aus treuer Schwesterliebe, die das Natürlichste in der Welt sei, Erlaubtes und Unerlaubtes für einen großen und unglücklichen Fürsten, ihren geliebten Bruder.

War er nicht noch ein Jüngling mit unendlicher Zukunft? Von seiner Berechtigung aber, in seinen verlorenen Besitz zurückzukehren und in Italien die Herrscherrolle zu spielen, kraft seiner Geburt und seiner seltenen königlichen Begabung, war sie völlig überzeugt.

Dem Großrichter hatte sie eine Zeile geschrieben, welche die geheime Botin, ihre Kammerzofe, ihr wieder zurückbringen mußte und worin sie ihm sagte, sie habe gestern in der römischen Kammer in Freude und Bestürzung über den unerwartet befreiten Bruder Worte geredet, auf die sie sich nicht mehr besinne, und deren sich Strozzi auch nicht erinnere, warum sie ihn nicht einmal bitte, weil sich das bei einem Edelmanne von selbst verstehe.

Der Anfang des neuen Jahres war eine Zeit der Angst und Gefahr für ganz Italien. Die Völker waren aufgeregt. Die Höfe lauschten in atemloser Spannung über die Meeresalpen und die Pyrenäen, während Cäsar anfangs wenig von sich hören ließ und sich, wie der Drache seiner Helmzier, aus seinen eigenen Ringen langsam emporhob.

Welche Möglichkeiten!

Er konnte aus der herrenlosen Romagna als Kondottiere der Venezianer den Papst verjagen. Er konnte, als Verwandter des Königs von Frankreich, durch irgendeine Wandlung der Dinge, von diesem an die Spitze eines seiner in Italien liegenden Heere gestellt werden.

Man wußte, es war eine Tatsache, daß Cesare Borgia in Italien beliebt war. Der Instinkt des Volkes und die Begeisterung der Kriegsleute feierten ihn als den Begünstiger der heimischen Waffen und den grausamen, aber nützlichen Vertilger der kleinen Stadttyrannen. In der Romagna, ja selbst im Ferraresischen, dem Eigentum der Este, vergötterte ihn die Volksmasse und krönte sein Andenken, wie einst das unterste Rom das Andenken Neros bekränzte, an dessen Untergang es auch niemals hatte glauben wollen.

Es war ein unheimliches Frühjahr. In den Staatskanzleien wachten die Schreiber über der Feder, und nächtlicherweile flogen auf den sturmgepeitschten Landstraßen die Pferde vermummter Boten.

Die Herzogin erschien blaß und angegriffen; denn auch sie legte die Feder nicht aus der Hand. Es galt, die befreundeten italienischen Höfe von den guten Absichten Cesare Borgias zu überzeugen. Sie versicherte sowohl mit den heiligsten Beteuerungen als mit den feinsten und anmutigsten Wendungen, er komme mit edlen, friedlichen Gedanken und gerechten Absichten. Und dies tat sie aus eigener Klugheit noch vor der Ankunft des zweiten Boten ihres Bruders.

Dieser, ein gewisser Federigo, kam mit einem Schreiben an die Herzogin von Ferrara und in einer Sendung an Papst Julius, den Eroberer von Bologna. Der Heilige Vater aber warf den Gesandten Cäsars in den Kerker, und Lukrezia gab sich viele vergebliche Mühe, den Kanzler ihres Bruders, wie sie den Abenteurer betitelte, von der gestrengen Heiligkeit loszubitten. Auch den eigenen Gemahl bat sie dringend, ihr in dieser Sache beizustehen. Doch Don Alfonso riet dem Papste im Gegenteil, den zweideutigen Gesandten in der Stille erdrosseln zu lassen—ebenfalls vergeblich, denn der Bote entschlüpfte.

Dergestalt hatte die Herzogin hundert Anliegen und Geschäfte zugunsten ihres Bruders. Alle mit der höchsten Klugheit eingeleitet, gefördert oder aus Vorsicht geschickt wieder abgebrochen.

Durch wenige Zimmerbreiten von ihr getrennt, bemühte sich in demselben Schlosse bis tief in die Nacht der leidende Kardinal, ihre Verbindungen mit Don Cesare aufs genaueste zu überwachen und alle ihre Pläne zu studieren, um sie bis auf einen gewissen Punkt reifen zu lassen und dann zu vereiteln.

Vor seinem Zurücktritte aus dem ferraresischen Staatsdienst und der Entlassung seiner ausgesuchten und vorzüglich geschulten polizeilichen Werkzeuge reizte es ihn, sein diplomatisches Meisterstück zu liefern.

So überblickte er das ganze Gewebe Lukrezias und bewunderte in der Stille seiner Arbeitsräume den Vorrat schärfsten Verstandes und unerschöpflicher Auskünfte, welchen die Herzogin in einer zum voraus verlorenen Sache anwendete. Denn er fing ihre Briefe auf, las sie, versiegelte sie wieder kunstvoll und schickte sie dann gewissenhaft an ihre Bestimmung mit sie begleitenden Schreiben entgegengesetzten Inhalts aus seinem Interessenkreise, welche die Wirkung der ihrigen vollständig zerstörten.

Und das tat er, ohne daß Lukrezia eine Ahnung davon hatte. So hatte es der Herzog angeordnet, der die Gemahlin mehr als je liebte und um jeden Preis schonen, in keiner Weise bloßstellen wollte; denn er wußte, daß die kluge und reizende Lukrezia bei der Annäherung Cäsars ihrer selbst nicht mehr mächtig war und, wieder in den Bann ihres alten Wesens, ihrer früheren Natur gezogen, schuldvoll und schuldlos sündigte.

Demselben Wohlwollen gegenüber dem verführerischen Weibe verfiel auch der Kardinal. Er bewunderte den schützenden Zauber des von ihr ausgehenden Liebreizes und verbündete sich, soweit es in Alfonsos Interesse möglich war, mit dieser seltsamen Macht, welche Lukrezia von jung an aus begrabenen Wellen gehoben und wie auf Schwingen über zerschmetternde Abgründe hinweggetragen hatte.

So genoß er, die Kluge stündlich täuschend, kein Vergnügen der Bosheit, sondern er glich dem Arzte, der von einer lieben Kranken, die an Wahnsinn leidet, Gift und tötende Waffen entfernt.

Auch die Regentin, obgleich sie das Gegenspiel des Kardinals teilweise zu erraten begann, blieb ihm aus Klugheit und unbewußter Achtung einer verwandten Anlage gleicherweise gewogen.

Sie zog ihn oft zur Tafel, und dann entspann sich bald das anregendste Gespräch, in welchem eines das andre zu enträtseln und zu erhaschen suchte, dem feinsten Schachspiele vergleichbar. Nur daß die Herzogin jeden Vorteil emsig benützte, während der überlegene Kardinal sie mitunter lächelnd auf einen von ihr begangenen Fehler aufmerksam machte oder eine von ihm genommene Figur großmütig stehen ließ.

Federigo, Cäsars Bote, hatte der Herzogin, bevor er nach Bologna zu der Heiligkeit des Papstes zog und von ihm gefesselt wurde, im Geheimnis den zweiten Brief des Bruders übergeben. Es war ein Schreiben von wenigen dringenden Linien, zwischen denen, nur dem Auge Lukrezias sichtbar, verruchte Anschläge und teuflische Einflüsterungen liefen.

Nachdem der Verführer gemeldet, er habe mit dem Könige von Frankreich angeknüpft, bis jetzt zwar ohne Erfolg, den er abwarten könne, da er fürs erste nach Italien strebe, schrieb Cäsar: Um dort Fuß zu fassen, bedürfe er durchaus eines Gehilfen, eines ungewöhnlichen Mannes von bedeutenden Eigenschaften und ebenso gefälliger als imponierender Erscheinung. Er wisse einen, wahrlich wie gemacht, ihm zu dienen, den Richter Herkules Strozzi. Er kenne ihn wohl, denn der Vater ihres Gemahles, weiland Herzog Herkules, habe ihm diesen Strozzi, einen Jüngling von klassischen Zügen und strengem Betragen, als seinen Geschäftsträger in die Romagna gesendet, damals, da er auf dem Gipfel seiner Macht gestanden, welchen er mit Gottes und des Schicksals Gunst und der geliebten Schwester Hilfe wieder zu ersteigen hoffe.

"Teuerste", schloß er, "tue, was Dir möglich ist, das Größte und Äußerste, um diesen einzigen, den ich als einen Bruder schätze, für mich zu gewinnen."

Lukrezia erbleichte über dem Briefe. Aber sie hatte jetzt seit Wochen wieder mit Cesare in seinen vielen, auch seinen jugendlichen und liebenswürdigen Gestalten zusammengelebt. So hatte er sich, obschon ein Abwesender, wieder mit ihrem ganzen Denken verschmolzen und ihre Seele mit seinem Frevelsinn verpestet.

Zwar sie widerstrebte kräftiger als früher dieser schmachvollen Sklaverei. Aber war sie nicht an Cäsar, als an ihr Schicksal, geschmiedet, seit er sie vom Sterbelager ihres zweiten, von ihm gemordeten Gemahles wegriß, und sie den Widerstand vergaß?

Sie gehorchte ihm wiederum.

Sie berief den Richter, hielt aber Angela neben sich und faßte sie bei der Hand, um nicht einen Augenblick mit ihm allein zu sein.

Herkules Strozzi wurde in das enge Oratorium der Herzogin geführt, die ihm schweigend den Brief ihres Bruders bot.

Nachdem er ihn gelesen—nur einmal, denn die tückischen Worte, die seine Leidenschaft stachelten und ihr schmähliche Dienste zu leisten schienen, hatten sich ihm schon auf ewig eingebrannt—, schwieg er und schwelgte in glühenden Träumen. Er sah Cesare siegreich nach der Krone Italiens greifen. Er sah sich selbst als seinen Kanzler an seiner Seite. Der Herzog von Ferrara war verschwunden, wohl von Cesare Borgia ausgelöscht und aus der Mitte getan. Lukrezia wiederum Braut, jugendlicher und heller als je, stand vor seinen trunkenen Augen in derselben triumphierenden Lichtgestalt, wie er sie bei ihrem Einzuge in Ferrara geschaut hatte.

Er sah sie mit den Blicken seiner taumelnden Sinne, denn, die vor ihm stand, war eine andre. Zwar lächelte sie auf das Geheiß des Bruders, doch die großen lichten Augen starrten versteinernd, wie die der Meduse. Er aber sah sein Verderben nicht. Heuchlerisch redete er, der geborene Republikaner, von Cäsar Borgias Gerechtigkeit, die er immer bewundert habe. Die Kleinen und Schwachen habe der Großmütige geschützt und gehegt, wie der Blitz Jupiters habe er nur die stolzen Zinnen getroffen. Er pries die Tugend der Stärke. Er lobte die Gewalttat, die durch die Unterdrückung des Rechts in das höhere Recht zurückführe. So erschöpfte er das ganze ekle Wörterbuch des Tyrannenlobs; und er wäre ein Abscheulicher gewesen, wenn er geglaubt hätte, was er sagte; aber er redete unüberzeugt und leer, während er nur ein Begehr hatte, der vor ihm stehenden Lukrezia irgendeine Gewährung, einen Lohn abzulocken oder abzuzwingen.

Zuweilen stammelte er dieses Ziel verfolgende, irre Worte, unheimlich gemischt mit dem Lobliede der Gewaltherrschaft. Dann aber sah er plötzlich auf dem Munde Lukrezias ein Lächeln zucken, bitter wie der Tod. Er sah die ernsten und tieftraurigen Augen Angelas unter richtenden Brauen auf sich geheftet. Und, mehr als der Prunk der ihn umgebenden Kruzifixe und heiligen Bilder, erschreckte ihn der stumme Vorwurf des unschuldigen Mädchens.

Er mußte darauf verzichten, das kleinste gewährende Wort mit sich zu nehmen.

Da sann er eine Weile mit verschränkten Armen und unglücklichem Antlitz.

"Ich gehe zu Don Cesare!" sagte er dann. "Was schickt Ihr ihm durch mich, Madonna?"

"Euch selbst!" antwortete Lukrezia. "So sieht der Bruder, daß ich ihm gehorche."

"Darf ich sagen, daß Ihr ihm willig gehorchet?"

Lukrezia antwortete nur mit einem schwachen Lächeln. Rasch verschwand er.

Da umschlang das Mädchen die Schultern Lukrezias und fragte sie, Auge in Auge:

"Was wollte der Mensch mit seinem Lallen immer und immer wieder sagen? Was erhält er zum Lohn? Was gibst du ihm?—Den Tod?..."

Die Herzogin lächelte wiederum und ließ die Fragerin allein.

Diese warf sich auf den Betschemel nieder. Aber, das Vaterunser flüsternd, konnte sie den Gedanken nicht loswerden:

"Mit einem unüberlegten Worte habe ich einen Menschen geblendet und kann es nie verwinden! Diese aber lächelt, indem sie einen Menschen überlegterweise in den sicheren Tod sendet."

Doch hielt sie sich darum nicht für die Bessere, sondern verschloß das gemeinsame Elend in ihrer barmherzigen Brust.

Es war an einem Märztage nach Mitte des Monats, daß der Kardinal bei schon geöffneten, mit dem blausten Lenzhimmel gefüllten Fenstern bei der Herzogin speiste.

Da fiel das Gespräch gelegentlich auf den Großrichter Herkules Strozzi, von dem der Kardinal behauptete, er habe Ferrara heimlich verlassen.

Darauf äußerte die Herzogin, unmerklich erbleichend, ihre Verwunderung, daß ein so gewissenhafter Beamter eine längere Reise ohne Urlaub unternommen habe, welchen zu erteilen die Sache der Regentin sei, wie sie glaube.

Der Kardinal erwiderte, Herkules habe sich bei seinen zwölf Kollegen beurlaubt, wohl mit dem Gedanken, in Abwesenheit des Herzogs dürfte das genügen. \XDCbrigens habe er vorgewendet, eine Familiensache der Strozzi verlange seinen schleunigen Besuch in Florenz.

Die Herzogin und der Kardinal ergingen sich dann in allerlei Vermutungen über die wahre Ursache dieser Abreise; da sie aber eine einleuchtende nicht finden konnten, vereinigten sie sich dahin, die vorgegebene könnte am Ende die wahre sein.

Beide wußten mit voller Gewißheit, daß Herkules Strozzi bei Cäsar Borgia war.

Wenn ihre Augen hätten den Raum durchdringen können, so hätten sie die beiden gesehen, den gefürchteten Herzog und den Richter, vom Wirbel bis zur Zehe gepanzert, wie sie unter einem glorreichen Südhimmel durch blühendes und duftendes Heidekraut an den Krümmungen eines Absturzes emporkrochen, über sich die vier steilen Türme einer gotischen Burg mit Mordgängen und Schießscharten, sie beschleichend, nebst vielen andern Bewaffneten.

Sie hätten gesehen, wie ein Steinregen von den belagerten Zinnen sprang und manchen Klimmenden in den Abgrund warf. Gesehen, wie jetzt ein Block sich von der Burg herabwälzte, in gewaltigen Sätzen von Fels zu Fels sprang, den schrecklichen Sohn des Papstes traf und ihn zerschmettert in die Tiefe stürzte.

Elftes Kapitel

April kam und überschüttete Ferrara mit Blüten. Lukrezia ließ die Mäuler der herzoglichen Ställe bepacken, denn sie wollte nach einem ihrer Landhäuser hinausziehen.

An einem schon die Siesta verlangenden Nachmittage saß sie mit Donna Angela an dem offenen Fenster lässig vor dem Schachbrett und lauschte dem Singen ihres im Hofe beschäftigten Gesindes und der Treiber. Es war ein Liebeslied, welches der üppige Lenz erregte, aber die Ehrfurcht dämpfte.

Jetzt verstummte dieses völlig, und unter dem Hoftore klirrte der Hufschlag von Pferden.

"Gäste!" sagte Donna Lukrezia, und die Frauen erhoben sich.

Die Diener, welche ihm die Tür öffneten, wegdrängend, trat der Herzog ein.

"Ich komme von Rom", begann der Staubbedeckte, "und bin scharf geritten, da ich mich nach Euerm Antlitz sehnte, liebe Frau"—er ergriß und küßte ihre Hand—"und bin herzlich froh, wieder bei Euch zu sein! Doch bedaure ich, Euch eine Trauerbotschaft zu bringen. Euer erlauchtester Bruder, der Herzog von Romagna, ist nicht mehr unter den Lebenden.

Die Nachricht ist sicher. Sie kam über Neapel und fand mich in Rom."

Er zog einen Brief aus dem Wams und entfaltete ihn.

"An den Iden des Märzes, wie einst der römische Julius Cäsar, sein Vorbild und Namenspatron, fiel Don Cesare in einer Schlucht vor dem spanischen Schlosse Viana, das er im Dienste seines Schwagers, des Königs von Navarra, mit großer Tapferkeit berannte.—Also steht hier geschrieben."

Solches berichtete der Herzog mit diplomatischer Genauigkeit. Doch fügte er bei: "Ein früher und ritterlicher Tod!" Dann schloß er mit Frömmigkeit:

"Requiescat in pace! Requiem aeternam dona ei, domine!"

Während dieser Rede beobachtete er die Herzogin aufmerksam.

Diese war eine Weile versteinert gestanden. Dann brach sie mit einem Schrei zusammen und sank in die Knie. Nicht anders als ein geraubtes Weib, welches ihr von einem Pfeile durchbohrter Entführer plötzlich fallen läßt.

Auch der Herzog, der keine Dämonen kannte, sah sie aus unsichtbaren, sie umklammert haltenden Armen stürzen. Er hob die Gesunkene an seine Brust, die sie mit ungezähmten Tränen überströmte.

"Du mußt wissen... laß dir's sagen... ich verriet dich... ich mißgehorchte dir...", schluchzte sie erstickend.

Der Herzog aber beruhigte sie liebevoll. "Jetzt, Lukrezia", sagte er, "erst heute wirst du ganz und völlig die Meinige. Siehe, bis dahin besaß dich der Geist deines Hauses, der mein Gefühl beleidigt und mein Urteil herausfordert. Ich habe mich mit dir vermählt aus Staatsgründen und aus Gehorsam gegen meinen Vater, ohne dich zu kennen, außer durch das unheimlichste Gerücht. Höchst widerwillig! Als ich dich aber erblickte, bezaubertest du mich! Denn welcher Sterbliche mag dir widerstehen?

Auch erfüllte mich dein guter Wille, den ich wohl unterschied, und dein ernstes Bestreben, dich von den unmöglichen Sitten und dem gesetzlosen Denken deiner Familie zu trennen und den schützenden Boden eines rechtlichen Daseins zu betreten, mit Sympathie, ja mit Ehrerbietung. Das Blut der Borgia begehrte täglich in dir aufzuleben und dich zurückzufordern. Doch, siehe, nun bist du frei geworden. Die Deinigen alle sind verstummt und bewohnen die Unterwelt, woher keine Stimme mehr verwirrend zu den Lebenden dringt."

Lukrezia seufzte schwer. Es war ein tiefer Schmerzenston und zugleich ein Aufatmen der Erleichterung und Entbürdung. Und dann kam, wie das Blut aus einer Wunde sprudelt, ein reuiges Klagen, ein verzweifeltes Sichgehenlassen, ein nacktes Geständnis dessen, was sie von jeher für Cäsar gesündigt und von ihm erlitten.

Don Alfonso erfuhr nichts Neues. Aber Angela, deren Gegenwart Lukrezia unter der Übermacht ihres Gefühles vergaß oder für nichts achtete, wechselte die Farbe und erduldete für die andere alles Entsetzen des Frevels und alle Qualen der Schande.

Jetzt umfing Lukrezia, vor dem Herzog niederstürzend, seine Knie, ergriff seine Hände und bedeckte sie mit Küssen. "Ich bin die Maria Magdalena", schluchzte sie. "Mein Herr hat mir vergeben, und jetzt ist kein Teilchen meines Wesens mehr, das nicht sein eigen wäre... Ich habe das Leben verwirkt, dein Gebot übertretend, aber du schenkst es mir! Und nun darf es nicht mehr mein, sondern es soll das deinige werden!...

Herr", sagte sie unversehens mit einer schmeichelnden Gebärde, "ich habe ein Anliegen an Euch."

Der Herzog glaubte, sie wolle ihm von Strozzi reden und zog die Brauen zusammen.

"Gestattet mir", bat sie, "daß ich von nun an den Bußgürtel trage!"

Don Alfonso lächelte. "Ich erwartete ein anderes Ansinnen", sagte er.

"Und welches?" fragte sie.

"Eure Fürsprache, Madonna", erwiderte der Herzog, "für einen Schuldigen, der seinen Kopf aufs Spiel gesetzt und ihn verloren hat."

"Wen meint Ihr?" fragte Lukrezia, ehrlich verwundert.

Herkules Strozzi war ihrem Gemüte gänzlich entfallen, seit er ihr durch den Tod des Bruders entbehrlich und gleichgültig geworden war, und der Herzog empfand die Genugtuung, daß der stolze Römerkopf nicht im Gedächtnisse seines Weibes, noch weniger aber in ihrem Herzen hafte, ja, daß Strozzi unmöglich jemals den geringsten Wert für Lukrezia besessen haben konnte.

Das stimmte ihn gnädig, so strenge er sonst jeden Ungehorsam zu ahnden pflegte. Er betrachtete sein Weib, das er nun als ein gesichertes Eigentum besaß, mit einer Art von Rührung. Noch nie hatte er sie schöner gesehen.

Die Goldhaare, die sich während ihres leidenschaftlichen Bekenntnisses gelöst hatten, ringelten sich um ihre vollkommenen Schultern, und die zartblauen Augen brannten feurig.

Er hob eine ihrer blonden Lockenschlangen zum Munde und küßte sie mit Inbrunst. Dann sagte er, als der Mann der Ordnung, der er war:

"Ruhet vor dem Mahl ein wenig, Herzogin, und rufet Eure Frauen, daß sie Euch zurechtmachen. Denn, wenn Ihr so seid, werde ich auf das Licht und die Luft, die Euch umgeben, eifersüchtig."

Angela zitterte vor Empörung, daß Lukrezia in unglaublicher Selbstsucht ihren Mitschuldigen vergaß, und in ihrem innern Jammer warf sie sich vor, daß auch sie ihren unglücklichen Blinden in seinem Kerker vergesse. Es war ein ungerechter Vorwurf, den sie sich machte, denn sie drückte, bildlich gesprochen, ihre Stirn, und deren Gedanken, ohne Unterlaß und bis zum Schmerze an die Eisenstäbe seines Kerkerfensters.

Als sie bei Kerzenschein neben der Herzogin am Spätmahl saß, überwältigte sie dies Jammergefühl, und da sie Lukrezia die Speisen, welche sie dem Herzog zärtlich vorlegte, kosten und ihm roten Neapolitaner, zuerst davon schlürfend, kredenzen sah, war es ihr, als trinke Lukrezia Menschenblut.

"Base", flüsterte sie ihr zu, "vergeßt Ihr das verwirkte Haupt?"

Lukrezia erschrak und erinnerte sich. Des Herzogs Schulter mit den zarten Fingern berührend, fragte sie leichthin: "Schenkst du mir den Strozzi, Alfonso?"

Der Herzog, der eben aus weichem Brot ein kleines Geschütz knetete, warf es weg, lehnte sich in seinen Stuhl zurück und sann ein wenig. Dann sprach er: "Herrin, da ich auf Strozzi gerechterweise nicht eifersüchtig sein kann, und seine Anbetung Eurer Person eine Schuld ist, die er mit allen Männern teilt, so bleibt mir nur sein Ungehorsam gegen mein ausdrückliches Gebot zu bestrafen.—In der andern Waagschale liegt Euer Fürwort, Madonna, und die ungewöhnliche Fachtüchtigkeit des Mannes.

In Wahrheit, es widerstrebt mir, ihn aus einer Welt wegzuräumen, welche so viel Geschmeiß unnützer und nichtiger Menschen ernährt.

Betrachtet den Fall, meine Kluge. Es ist unmöglich, den Menschen zu begnadigen, ohne daß ich ihn vorher richte. Richte ich ihn aber, so kann ich es nicht verantworten, einen so frevelhaften Ungehorsam meiner ersten Magistratsperson zu verzeihen. Eines aber kann ich— ihn vergessen. Sendet nach ihm, Herzogin, heute noch! sogleich!" Er rief einen Diener und gab ihm den Befehl. "Sprecht zu ihm, Lukrezia; prüfet ihn! Bringet ihn dazu, daß er aus Ferrara vor der nächsten Sonne verschwinde. Er gehe, wohin es sei— nach Florenz, wenn er will, da er florentinischen Ursprungs ist. Sein Wissen bürgert ihn überall ein. Nicht einmal aus Italien verbanne ich ihn; er tue, als sei er niemals nach Ferrara zurückgekehrt.

Wisset, ich begegnete ihm durch einen ärgerlichen Zufall an der Zollstelle des Südtors, wo ich, einreitend, seine Gestalt aus den Zollbeamten hervorragen sah, mit denen er sich herumstritt. Weder begrüßte er mich, noch verbarg er sich. Die Vermessenheit seiner Haltung hatte etwas Beleidigendes. Eure Mühe wird umsonst sein, fürchte ich, Madonna.

Der Verlorene wird nicht weichen wollen—so stirbt er.—Schade um ihn. Er ist ein vorzüglicher Jurist."

Der Herzog erhob sich von der Tafel und verabschiedete sich bei der Herzogin, die der Übung gemäß sich für eine Woche zu den Klarissen zurückzog, um für das Seelenheil des verblichenen Bruders zu beten.

Dann verabredete er mit ihr noch leise, unter welchen Worten verborgen sie ihm durch den Haushofmeister das Ergebnis ihrer Unterredung mit Strozzi melden sollte.

Diese fand in einem kleinen Rundzimmer unter den drei Flämmchen einer schwebenden Ampel in Gegenwart Angelas statt und war kurz und stürmisch.

Ungestüm trat Strozzi auf, mit flammenden Augen und eherner Stirn, gebräunt von Wind und Sonne des Feldzugs. Ungeladen rückte er sich einen Schemel zu Füßen der Herzogin.

Diese war völlig ohne Furcht. Ihr von den reichlich vergossenen Tränen gebadetes Angesicht war hell und friedlich.

Strozzi täuschte sich keinen Augenblick darüber, daß er mit dem Tode Don Cesares für sie zu einem Schatten, zu einem Nichts geworden war. Und doch war er gesonnen, durch den Gefallenen ewig mit ihr verbunden, nicht von ihr zu weichen.

"Erzähle ich Euch", fragte er, "die letzten Augenblicke des Bruders?"

"Nein, Strozzi. Ich weiß, daß er nach der Art seines Hauses tapfer unterging, und weiß, daß er in Pampelona mit allen christlichen Gebräuchen bestattet wurde—der Ärmste."

Von jetzt an nannte Lukrezia den Dämon, der ihr Bruder gewesen war, nicht anders mehr als den Ärmsten, so wie sie ihr Ungeheuer von Vater längst den Guten nannte.

Dann fuhr sie mit einem Seufzer fort: "Der arme Bruder bedarf der Fürbitte! Und noch heute nacht werde ich mich, um dieser Pflicht zu genügen, zu den Klarissen zurückziehen, in Übereinstimmung mit dem Ermessen meines erlauchten und geliebten Gemahls."

So sagte sie, und es war ihr Ernst, ohne sich von dem Hohngelächter in den Augen des Richters über die Frömmigkeit Lukrezia Borgias und ihre Liebe zu Don Alfonso im mindesten stören zu lassen. Eine Pause entstand.

"Ich habe einen Auftrag meines Gemahls an Euch", sagte die Herzogin. "Ihr habt Euch schwer gegen ihn vergangen, Strozzi, seinem Befehl geradezu entgegenhandelnd. Auch gegen mich, indem Ihr meiner Torheit gehorchtet, obwohl Ihr sehen mußtet, daß mich die flehende Forderung meines Bruders aus den Schranken der Pflicht geschleudert hatte. Wehe dem Manne, der einer Pflichtlosen traut!

Die Engel haben mich Stürzende gerettet, und ich, mit der Gnade Gottes, möchte Euch retten.

Der Herzog will Euch die zweifache Schuld gegen ihn und mich vergeben, unter einer einzigen Bedingung, Strozzi! einer leichten Bedingung... daß Ihr Ferrara verlasset noch diese Nacht und nimmermehr zurückkehret. Benützet diese seltene Gunst! Es ist ganz gegen die Weise des Herzogs, einen vorzüglichen Diener, wie Ihr seid, zu entlassen und einem andern italienischen Staate zu gönnen! Denn nicht einmal Italien sollt Ihr meiden..."

"Du verlierst deine Mühe, Lukrezia", unterbrach sie Strozzi zügellos, "ich weiche nicht aus Ferrara, noch von dir! Wir gehören zusammen, Don Cäsars Wille hat uns vermählt!"

Lukrezia lächelte schwach. Dann flehte sie, den durchsichtigen Schleier der Scheinheiligkeit, in den sie sich verhüllt hatte, abwerfend, mit bittenden und trauernden Augen:

"Wenn ich dir wert bin, Herkules, so rette dich! Ich mag und will dich nicht auf der Seele haben!... Liebst du mich", lispelte sie, "so fliehe!"

Da empörte sich die stille Angela gegen diese Verführung—selbst zum Guten, zur Rettung.

"Richter", wandte sie sich mit heißen Wangen gegen Strozzi, "es ist schmachvoll, daß Ihr zaudert. Fort aus Ferrara! Wie? Ein Mann, den die Jugend als ihr Vorbild bewundert, ein Lehrer des Rechts, hat nicht die Kraft, mit dem Bösen zu brechen und den Zauber eines armen Weibes zu fliehen!— Errötet!..."

"Was träumt diese da von Gut und Böse?" überschäumte Strozzi und sprang in die Höhe. "Was phantasiert sie von Recht und Unrecht?... Es gibt kein Recht!... Dieser schöne Frevel hier", er blickte auf Lukrezia, "hat es getötet!

Du aber, Mädchen, schweige! Was verstehst du von Liebe! Eine, die den Liebsten blendet—einkerkern läßt—seinen Kerkermeister nicht besticht— sich nicht in seine Arme schleicht—nicht sein Weib, seine Magd wird—was weiß eine solche von Liebe!

Denn Liebe", flüsterte er geheimnisvoll, "läßt ihr Ziel nicht! Nimmermehr! Nimmerdar! Morde mich, Lukrezia! Hier!" und er zeigte auf sein Herz.

Sie starrte den Richter mit bleichen Augen an, und alle Lieblichkeit war von ihr gewichen.

In diesem Augenblick ging der Türvorhang auseinander, und auf der Schwelle stand der höchst würdevolle Haushofmeister mit dreierlei Anliegen.

Er meldete die Sänfte der Herzogin; dann trug er die Frage vor, ob sie schon morgen bei den Klarissen den Besuch des Herzogs erwarte.

Sie verneinte, und dieses Nein mochte wohl für den Herzog bedeuten, daß der Richter seine Gnade von sich stoße.

Zuletzt wendete sich der Haushofmeister noch an diesen und ersuchte ihn, das Schloß nicht zu verlassen, ohne dem Herzog im Archiv aufgewartet zu haben.

Strozzi fragte schroff, ob es gleich sein dürfe, und der Greis ging ihm voran, nachdem er das Haupt bejahend gebeugt hatte.

Die Herzogin aber ließ sich von Angela stillschweigend an die Sänfte geleiten. "Ich nehme nicht von dir Abschied", sagte sie. "Du folgst mir, lieber heute noch, nach." Sie hätte ihr gerne erspart, was kommen mußte, wie sie selber davor auf die Seite wich.

Wenn ihr Dienst sie nicht an die Herzogin fesselte, bewohnte Angela das einsame Erkerzimmer eines festen Eckturmes, der einen inneren Hof beherrschte und in dem unteren Teile seiner undurchdringlichen Mauern das Privatarchiv des Herzogs barg.

Um diesen Zufluchtsort zu erreichen, eilte die bange Angela die Schloßtreppen hinan. Seitengänge und eine schmale Stiege führten sie in den Turm und durch den kleinen Vorraum, wo die Drehbank des Herzogs stand. Hier wunderte sie sich, die schwere Eichentür des Archivs offen zu sehen, so daß die lauten Stimmen Don Alfonsos und des Großrichters sie verfolgten, während sie eine weitere Stiege erklomm.

Wie erschrak sie, als sie, angelangt, nicht eintreten konnte! Ihr Söller, den sie eine Weile nicht benützt hatte, war verschlossen. Der Schlüssel mochte im Archiv liegen. Nun mußte sie das Weggehen Strozzis abwarten und duckte sich, wieder die Treppe herabgestiegen, eine widerwillige Lauscherin, nicht von Neugierde, nur von Angst gepeinigt, harrend in eine Nische der dicken Mauer.

"Dieser Rechtshandel", plauderte der Herzog bequem, "ist eine langweilige Sache. Wir sollten sie endlich zu Schlusse bringen. Ich habe die fraglichen Akten gründlich studiert", er schlug mit der Hand auf einen Stoß Pergament, daß Angela den Staub einzuatmen glaubte. "Ihr wißt, Richter, ich fürchte mich nicht vor Akten, aber diesmal habe ich meine Mühe und das Öl meiner Lampe verloren. Sagt Ihr mir lieber kurz, wer recht hat, der Graf Contrario als Erbe der Flavier, oder ich und der Fiskus von Ferrara.

Wie spricht Euer richterliches Gewissen?"

Es erschien Angela, als betonte der Herzog das letzte Wort auf ironische Weise; aber sie mußte sich täuschen, denn Strozzi antwortete völlig unbeirrt.

"Hoheit", sagte er, "der Witz ist, das Wesentliche vom Unwesentlichen zu unterscheiden: Das gehört nicht zur Sache, und das nicht—so bleibt noch das, und das ist einfach.

Der innerste Kern des vor Alter vergilbten und von Tücke und Kniffen verdrehten Prozesses ist aber dieser:

Nachdem die Flavier und Contrarier sich jahrhundertelang als Vettern gequält und versöhnt, befeindet und zu Erben eingesetzt hatten, entschloß sich der letzte kinderlose Flavier, namens Nestor, aus unbekannten Gründen, seinen bedeutenden Besitz seinem Vetter, dem Grafen Mario Contrario, dem Vater unsres jetzigen anmutigen Grafen, testamentarisch zu hinterlassen.

Nun verbietet aber unser ferraresisches Recht, sein Gut einem Fremden zu vererben, ohne die vorher erlangte Ermächtigung des Herzogs. Diese Einwilligung Eures Vaters aber, obwohl niedergeschrieben und von diesem anerkannt, wurde niemals durch seinen Namenszug perfekt gemacht. Denn da der letzte Flavier zu Pferde stieg und nach Ferrara fuhr, um durch sein persönliches Erscheinen jene Unterschrift von Eurem Vater zu erlangen, sprang der Tod grinsend hinter ihm aufs Roß und schnitt mit der. Sense dazwischen. Er ward auf der Reise vom Schlage gerührt.

Wie lag nun die Sache?

Das Testament war formell nichtig, da die Unterschrift des Herzogs mangelte, und Euer Vater, Herr Herkules, fand sich nicht bewogen, sie darunterzusetzen. Er konfiszierte die flavianischen Güter.

Euer Zutun, erhabener Herr, ist nun keine Rechtssache mehr, sondern eine Sache Eurer Großmut, in die ich mich nicht mische."

"Wisse, Richter", versetzte der Herzog, ohne den achtungslosen Ton Strozzis zu rügen, langmütig, "daß ich nicht viel anders denke, noch denken darf, als mein Vater Herkules! Wo es ein rechtlich zulässiges Mittel gibt, den Staatsschatz zu füllen, darf ich es aus sogenannter großer Gesinnung nicht verschmähen und dafür meine Kaufleute und Bauern belasten.

Auf der andern Seite freilich ist mir unlieb, daß die Contrarier so unbestreitbar das innere Recht für sich haben, als ich das äußere."

"Evident!" spottete der Richter.

"Da dünkt mich", fuhr der Herzog gelassen fort, "wäre ein Kompromiß am Platze. Was meinst du, Richter? Wir steuern mit den flavianischen Gütern Donna Angela Borgia aus und vermählen sie mit dem Erben der Rechtsansprüche der Contrarier, dem liebenswürdigen Grafen Ettore. Unter uns, ich wünsche das Mädchen weg. Sie bringt mich und den Staat Ferrara um unsern unvergleichlichen und unersetzlichen Kardinal Ippolito."

"Ich mag sie auch nicht und wünsche sie in den Mond! Kuppeln wir sie mit dem Pedanten!..." scherzte der Richter mit wüster Heiterkeit, nicht anders, als wäre er trunken.

"Du mußt wissen, mein Herkules", fuhr der Herzog fort, anscheinend ohne sich an dem ärgerlichen Benehmen des Richters zu stoßen, "daß es eigentlich Donna Lukrezia ist, welche ihre Base aussteuert. Die flavianischen Güter bilden ihr Wittum, aber es ist ein unsicherer Besitz, da unsre Gerichte noch nicht endgültig gesprochen haben...

Du hast davon gehört, mein Herkules?"

"Wie sollt ich nicht?" höhnte der Richter, "da ganz Italien davon widerhallte! Wer kann vergessen, wie Papst Alexander von Herzog Herkules überlistet wurde, wie maßlos das alte Laster sich gebärdete und welche unnachsprechlichen Worte es ausstieß, als es sich geprellt sah!"

Und Strozzis Lache dröhnte unter der niederen Wölbung.

Zugleich hörte Angela durch die Mauerluke, an der sie saß, aus dem nächtlich stillen Hofe herauf den weichen Tenor wieder, dessen Kantilene sie bewegt hatte, als sie in der Siestastunde vor der Ankunft des Herzogs mit Lukrezia am Fenster saß. Es war dasselbe Liebeslied... "Ist es ein mit dem Herzog verabredetes Zeichen, daß Strozzis Mörder bereit stehen?" fragte sie sich mit klopfendem Herzen.

Von diesem Moment an schien des Richters herausforderndes Wesen dem Herzog zuviel zu werden.

"So unterhaltend deine Gesellschaft ist, mein Strozzi", sagte er freundlich, "ich muß dich nun entlassen. Du weißt, ich bin heute scharf geritten und, in der Tat, ich fühle mich müde. Wir kommen wohl auf unsern Gegenstand zurück. Glückselige Nacht!"

Und er beurlaubte das Opfer.

Da Strozzi an der im Halbdunkel sitzenden Angela vorüberging und sich hinuntersteigend in die schwacherhellten Schloßgänge vertiefte, blieb diese wie versteinert, denn die unheimliche Lustigkeit Strozzis war ihr ein Vorzeichen seines Untergangs, und die unerschöpfliche Geduld des Herzogs erfüllte sie mit Grauen.

Als sie eine Weile später mit ihrem gefundenen Schlüssel neben dem Herzog stand, der aus dem Archiv getreten war und es abschloß, kehrte der Richter, wie tastend, wieder zurück.

"Ich weiß nicht, wie mir geschieht, Hoheit", stotterte Strozzi, dessen Lustigkeit verschwunden war, "ich finde den Ausgang nicht und bitte um eine Fackel."

Der Herzog rief nach einer, die ein Diener dem Richter vortrug, welcher ihr wankend folgte.

Nun floh Angela in ihre Kammer, die sie in verwirrender Angst fest verrammelte, mit ihren klopfenden Pulsen den Lebensrest des Richters zählend und seinen Todesschrei erwartend.

Da ertönte er—entsetzlich und lang—und drang ihr durch das innerste Mark.

Mit zitternden Händen warf sie einen Mantel um, ergriff ihre kleine Leuchte, glitt die einsamen Stiegen hinunter und stürzte aus dem Palast. Hilfe zu bringen?... Nein, sie zu suchen bei Lukrezia, im Kloster!... Sie wußte nicht, was sie wollte.

An der Ecke der Burg stieß ihre Fußspitze an den Toten. Sie leuchtete ihm ins Antlitz, konnte aber die bleichen, verzerrten Züge nicht lange betrachten.

Sie kniete nieder, machte über ihm das Zeichen des Kreuzes und verhüllte ihm das graue Haupt barmherzig mit seinem Mantel.

Dann floh sie weiter zu den Klarissen, deren Haus, nur zwei kurze Gäßchen entfernt, auf dem Boden der alten Stadtumwallung stand.

In der Mitte des zweiten hörte sie Schritte hinter sich, wandte sich um und sah einen ihren fliegenden Gang verfolgenden Schatten. Sie meinte, der Tote habe sich erhoben, und verdoppelte ihre Eile. Doch ihre schnellen Füße wurden durch ein andres Nachtgesicht aufgehalten.

Dicht vor dem Kloster nämlich sprang ein fester Turm mit seiner gewaltigen Rundung vor, den das Gäßchen umkreiste, und der mit dem Kloster aufs seltsamste baulich verwachsen und durch den üppigsten Efeu verwoben war.

Seine ewig verschlossene, hohe, schmale Pforte war wunderbarerweise geöffnet, und davor hielt ein Reitergedräng. In der Mitte saß auf einem Schimmel ein schlanker Jüngling mit einer Binde über den Augen.

Angela erblickte Don Giulio, von dem sie doch wußte, daß ihn der Herzog nach Fenestrella, auf eine Insel in den Pomündungen, hatte bringen lassen.

Lebte dieser Don Giulio? War er ein Traum?

Nachdem die, einer hinter dem andern, Einreitenden das Gäßchen geräumt hatten, klopfte Angela an das Klostertor und wurde von der Pförtnerin, der raschen Schwester Consolazione, ohne Verzug in den Klosterfrieden eingelassen.

"Ihr seid erwartet", sagte sie. "Aber wie? Ihr kommt zu Fuß und allein? Wie Euer Herz pocht, Erlauchte! Wahrlich, wie einem geängstigten Vogel…"

"Führt mich zur Herzogin!" unterbrach die Borgia.

Da ihr Schwester Consolazione sachte die noch erhellte Zelle öffnete, lag Lukrezia im sanften Licht einer Ampel schon entkleidet auf dem reinlichen Lager in weißem Nachtgewand, fest entschlummert, ruhig atmend wie Ebbe und Flut, mit einem Kinderlächeln auf dem halbgeöffneten Munde, während Natur leise verjüngend über ihrem Lieblinge waltete. Als Angela aus dem Schlosse floh, hatte sie der Wunsch getrieben, sich schluchzend an die Brust der Freundin zu werfen und ihren Geblendeten neben den Getöteten Lukrezias zu legen.

Nun betrachtete sie die schöne Schlummernde aufmerksam, verlor den Mut, sie zu wecken, und seufzte:

"Wie bin ich eine andre!"

Letztes Kapitel

Nach soviel Trauer waren fünf Jahre über Ferrara gegangen, ohne daß die tragische Muse von neuem das Herrscherhaus besucht hätte. Ja, das Leben wollte sich zur Idylle gestalten, immerhin die Unruhe eines kurzen Krieges ausgenommen, der aber rasch über den ferraresischen Boden dahinfuhr.

Der Mörder des Großrichters Herkules Strozzi war, ungeachtet vielfacher polizeilicher Nachforschungen und der augenscheinlichen Bemühungen des Herzogs selber, unentdeckt geblieben.

Der Oberrichter wurde mit der größten Feierlichkeit bestattet, und der Herzog ließ es sich nicht nehmen, als erster der Trauernden vor dem gerührten Volke dem mit Lorbeer überschütteten Sarge nachzuschreiten.

Auch die junge Witwe, denn der Anbeter Lukrezias hatte in standesmäßiger Ehe gelebt, besuchte Don Alfonso mit fürstlicher Teilnahme und trachtete ihren wilden Schmerz mit weiser Rede zu dämpfen. Die blühende Barbara Torelli aber war untröstlich und redete mit heftiger Gebärde bald davon, ihren Gemahl an seinem Mörder zu rächen, wenn sie ihn finde, bald verlangte sie, sich in ein Kloster zu begraben; in beiden Fällen aber gelobte sie dem toten Gatten ewige Treue.

Wenn nun der Herzog nichts über sie vermochte, so war es Ludwig Ariost vorbehalten, diese leidtragende Barbara aufzurichten. Er war ein Freund Strozzis gewesen und hatte schon dessen Mutter, eine stattliche Frau, herzlich verehrt. Jetzt bemühte er sich um die Witwe seines verblichenen Freundes und suchte sie mit dem Leben zu versöhnen. Diese freundliche Aufgabe löste er in Jahresfrist so vollkommen, daß Barbara Torelli sich erbitten ließ, dem Dichter in sein neuerbautes Heim zu folgen und an seiner Seite jenes einfache Haus zu bewohnen, dessen Bescheidenheit Ariosto in einem weltbekannten Distichon gepriesen hat.

Gleichgeblieben war sich auch das Gefängnis Don Giulios in dem "vergessenen" Turm, welcher von dem frühern engeren Mauerkreis als ein unzerstörbares Wahrzeichen alter Wehrkraft stehengeblieben war und später von dem wachsenden Klosterhof der Klarissen eingeschlossen wurde.

Dieser fast unzugängliche Turm war selten bewohnt. Fensterlos nach dem Gäßchen, und auf der Seite des Nonnengartens von verwilderten Brombeerstauden und kletternden Schlingpflanzen bis zu seiner halben Höhe überwuchert, war er in das unbeachtete Weben der Natur zurückgekehrt.

Nur selten wurde er für ungefährliche Staatsgefangene benützt, deren Andenken sich verlor und deren Dasein in dem "vergessenen" Turm vergessen werden sollte.

Lange hatte sich die Oberin der Klarissen dagegen gesträubt, in den auf ihrem Gebiete stehenden Turm eine hohe Person mit unerbaulicher Legende, wie Don Giulio, eintun zu lassen. Sie kannte die Schwächen des leeren Nonnenherzens: Neugier, Mitleid, Lust an Heimlichkeiten, und fürchtete deshalb den gefährlichen Nachbar.

Auch war ihr der wahre Grund der Entfernung des blinden Este aus Fenestrella nicht unbekannt geblieben.

Zwar wurde ihr gesagt, die vor der Mündung des Po im Meere liegende kleine Festung sei in diesem Zeitlaufe gefährdet und werde sowohl von der Flotte des heiligen Markus als von den Schiffen St. Petri bedroht: aber sie hatte noch eine ganz andre Geschichte in Erfahrung gebracht. Die junge Frau des Gefangenwärters, sagte man ihr, habe sich in den hübschen Prinzen trotz seiner Blindheit sterblich verliebt und ihren Mann bewogen, Don Giulio in einem Boot nach Venedig zu entführen. Darüber habe sie der Schloßvogt, ein Hauptmann aus der strengen Schule des weiland Don Cesare, überrascht und die Schuldigen, Mann und Weib, in das Meer versenkt.

In ein ebenso tiefes Stillschweigen wurde jetzt das Dasein Don Giulios im "vergessenen" Turme begraben.

Der Herzog hatte bei den schwersten Strafen sowohl dem Reisegefolge als dem neuen Kerkermeister seines Bruders verboten, die Gegenwart des Gefangenen zu verraten oder auch nur seinen Namen zu nennen. Und daß die Äbtissin und der Beichtiger des Klosters, welcher auch der Don Giulios war, schwiegen wie das Grab, darum war der Herzog unbesorgt.

Auch Angela schwieg von ihrer traumhaften Begegnung mit dem Blinden an der Turmpforte, als von etwas, das ihrem Herzen allein gehörte.

So wurde es möglich, daß die kluge Donna Lukrezia von der Rückkehr Don Giulios nach Ferrara nichts erfuhr, auch durch den Herzog nicht, dem die Herberge des blinden Bruders eine stete Sorge war. Ihn in den Kerkern seiner Stadtburg, gleichsam unter seinen Füßen, zu verwahren und über dem Haupte des Geblendeten ein heiteres Dasein zu führen, das brachte er doch nicht über sich. Legte er ihn aber in eine Landfestung, so war er gewiß, Don Giulios Leiden, seine Güte und die ihn umwebende Sage werde ihn bald so beliebt machen, daß ein Befreier nicht lange ausbleiben könne.

Der "vergessene" Turm neben den Klarissen war seine letzte Auskunft gewesen.

Hätte Lukrezia ihn über das Verbleiben Don Giulios befragt, sie würde die Wahrheit erfahren haben; aber sie hütete sich wohl, die wunden Punkte in der Seele ihres Gemahls, den Verlust Ippolitos und den Kerker des Blinden, unnötig zu berühren.

So fuhr sie fort, ohne zu ahnen, wer in ihrer Nähe wohne, sich jährlich wenigstens in der Adventszeit auf einige Tage zu den Klarissen zurückzuziehen, wohin sie Donna Angela jedesmal begleitete. Ja, diese suchte sie dort, so lange als möglich, zurückzuhalten, denn die Zusprüche des Beichtigers der Klarissen, Pater Mamette, hatten den Sturm ihrer warmen Seele auf immer beruhigt, wie auch Donna Lukrezia viel von der einfachen Seelsorge des Franziskaners hielt.

Der Herzog irrte nicht, wenn er glaubte, daß das Wohl Don Giulios viele Seelen beschäftigte. Nicht nur der ferraresische Dichter legte damals an der bekränzten Pforte eines der Gesänge seines "Rasenden Rolands" ein rührendes Fürwort für den im Kerker schmachtenden Blinden ein, auch ein Geringerer im Reiche der Geister ergab sich diesem mit Leib und Seele.

Eines Tages nämlich erschien an dem Tore des "vergessenen" Turmes ein kleiner dürrer Greis, der unter jedem seiner Arme einen gewichtigen Folianten trug. Er legte seine Last auf die hohe Steinschwelle nieder und begann mit einem dicken Kiesel, den er aufraffte, an die stumme Pforte zu pochen.

Vergeblich! Denn diese öffnete sich nicht, und inwendig rührte sich nichts Lebendiges. Der Alte setzte seine Bemühungen so beharrlich fort, daß er nicht bemerkte, wie eine kleine Schar herzoglicher Söldner in den Halbkreis des einsamen Gäßchens einlenkte, bis er von ihnen umringt und ergriffen war.

Jammernd bat er um Schonung für seine Bücher, die sie mit ihren Spießen untersuchen wollten, und deckte seinen Schatz mit dem Leibe. Zu seinem Heil erschien in diesem Augenblicke der Herzog hoch zu Roß, der mit einem kleinen Gefolge von Sachkundigen einen Pulverturm auf seine Feuerfestigkeit hin untersucht hatte und jetzt auf dem kürzesten Wege in seine Stadtburg zurückkehrte.

Der Greis warf sich vor ihm nieder:

"Erhabener Herr, den ich erzogen habe", rief er, "befreie mich mit meinen Freunden Plutarch und Seneca aus den Händen deiner Krieger!"

"Was hast du hier zu schaffen, Magister?" fragte der Herzog streng und zog die Brauen zusammen.

"Ich fühle mich berufen, einen erblindeten Zögling zu besuchen und seine Nacht mit der Weisheit der Alten zu erhellen!"

"Woher weißt du, daß der Blinde hier sitzt?" fuhr ihn der Herzog an.

"Von Liebe zu dem abtrünnigen Sohne der Wissenschaft erfüllt, und nachdem ich erfahren, daß er in Unglück und Dunkel gestürzt sei, verfolgte ich seine Spur bis nach Fenestrella. Dort sagten sie mir, daß er nach einer unverschuldeten Tragödie weggeführt worden sei, und das Gerücht berichte, er sei in deine Nähe und unter deine persönliche Hut zurückgekehrt. Hier in Ferrara pochte ich, von meinem sokratischen Dämon geführt, an die Tür jedes Turmes, und dieser 'vergessene' ist der letzte, den ich finde."

Ein geheimes Lächeln stahl sich in die Augen des Herzogs, und der Gedanke durchblitzte ihn, seinem unglücklichen Bruder die Gesellschaft ihres gemeinsamen, wie er wohl wußte, vollkommen harmlosen alten Lehrers zu gönnen. Er sagte:

"Wenn hier wirklich ein blinder Schüler von dir wohnt, Mirabili, so magst du ihn meinetwegen allwöchentlich einmal besuchen und mit ihm deine unterbrochenen Lektionen fortsetzen."

Auf seinen Wink stieß ein Leibwächter mit dem Holze seiner Lanze unter dem Rufe: "Auf! Im Namen des Herzogs!" so nachdrücklich gegen die verschlossene Tür, daß innen die Schlüssel augenblicklich rasselten und die Riegel zurückgingen.

Der Herzog ließ den erstaunten Kerkermeister an sein Pferd treten und befahl ihm leise und streng:

"Einmal wöchentlich öffne dem Alten diese Pforte zu Einlaß und Auslaß. Niemals am Tage, sondern vor Morgengrauen oder nach dem Ave Maria."

Von Don Giulio mit Dank und Rührung empfangen, enthielt sich Mirabili, das zerstörte Angesicht, dessen Schönheit in früherer Zeit ihn beglückt hatte, lange zu prüfen. Ohne Zögern machte er sich ans Werk, den Gefangenen in die Herrlichkeiten der stoischen Schule einzuführen und ihm die Triumphe der Selbstüberwindung zu zeigen.

Wenn er ihm dann nach langer Sitzung die hohen Vorbilder pries, die ihn begeisterten, einen Zeno, einen Epiktet und vor allen den Kaiser mit dem Philosophenbart, den göttlichen Marc Aurel, sagte wohl der Blinde, der indessen an seinem Strohgeflecht gesessen hatte, traurig und müde:

"Ach, Mirabili, ich kenne diese vornehmen Herren nicht, und es will mir nicht gelingen, mich mit ihnen auf den Thron der Tugend zu setzen."

Einen kräftigeren Trost reichte dem Blinden der Sohn des heiligen Franziskus, Pater Mamette. Auch er, wie der alte Mirabili, obwohl ein noch grünender, feuriger Mann, gehörte zu Don Giulios Jugenderinnerungen.

Aus einer Bauernfamilie Pratellos gebürtig, wurde er als ein verwaistes, ganz junges Blut von seinen älteren Brüdern, die nicht gesonnen waren, ihr Erbe mit ihm zu teilen, ins nahe Kloster geliefert, wo das unschuldige Kind unbeachtet, aber von den Mönchen wohlgelitten, aufwuchs. Dem Kleinen geriet, wie dem verkauften Joseph, alles zum besten, und sein von freudigen Augen beleuchtetes Angesicht war das Wohlgefallen und der Trost aller, die ihn kannten.

Als Don Giulio zum Jüngling erwuchs und sein prächtiges Pratello baute, war Mamette im Laufe guter und böser Tage zum Manne geworden und ein fertiger Franziskaner.

Don Giulio sah ihn eines Tages unter seinen Bauleuten, als er einem verunglückten Maurer beistand, ihn in seine Arme nahm und den Sterbenden mit mehr als mütterlicher Liebe in den Himmel hob.

Damit fiel er dem Este auf und berührte die wohllautendste Saite seiner Seele. Weil aber der Leichtfertige nach der Hofsitte einen Beichtvater haben sollte und man ihn längst beschuldigte, dieses Herkommen zu vernachlässigen, so entschloß er sich kurz und wählte Pater Mamette.

Außer zu den kirchlich gebräuchlichen Zeiten hatte er ihn übrigens nie rufen lassen, auch nach seinem Sturze ins Elend nicht. Erst da er das Todesurteil erwartete, ließ er ihn zu sich in den Kerker kommen und sich dann von ihm auf das Schafott begleiten.

Nach seiner Rückkehr aus Fenestrella wurde nun Pater Mamette der beste Freund seiner Gefangenschaft, und der von allen Seiten Gerufene und Begehrte zählte die Stunden nicht, die er zur Tröstung des Unglücklichen im "vergessenen Turme" zubrachte.

Da geschah es oft, daß der Pater den Blinden bei beiden Händen ergriff und ihm sagte: "Ihr kennt noch nicht den unerschöpflichen Born des Glücks: es ist das Geheimnis der Armut. Mein heiliger Franziskus, der mit ihr aufs innigste vermählt war, offenbarte es mir einst zur Rettung aus den Abgründen der Seele.

Erst wenn Ihr nichts mehr zu eigen habt, könnt Ihr die Liebe Gottes empfangen. Und wenn Ihr empfanget, könnt Ihr geben. Das ist meine Pforte zum Glück und zur Freiheit! Tretet mit mir ein! Werdet arm und ärmer, damit Ihr empfangen und geben könnt, wie ein Brunnen, der Schale um Schale überfließend füllt."

Don Giulio fand anfangs, daß es für ihn, einen Beraubten und aus dem Lichte Gestoßenen, schwer sei, noch ärmer zu werden; er verstand nicht, daß er sich auch des Reichtums seiner selbstsüchtigen Schmerzen entschlagen müsse—

immerhin drang das Geheimnis des heiligen Franziskus in eine Tiefe seiner liebedurstigen Seele, die weder Ariost noch Mirabili, weder der Dichter noch der Philosoph, hatten erreichen können.

So vergingen drei der Kerkerjahre, aber auch Jugendfrische und Gesundheit des Blinden verging. Er welkte. Die dumpfe Luft des Sommers und die Feuchtigkeit des Winters, die Klosterspeise, die ihm geboten wurde und die er, anders gewöhnt, oft unberührt ließ, die Entbehrung heftiger Leibesübungen, wilder Ritte, des Ballspiels, der Fechtkunst, und, mehr als alles das, die Aussichtslosigkeit der Befreiung erschlaffte und lähmte ihn; denn er wußte—das Wort des Herzogs stand fest—, daß er bei dessen Leben den Kerker nicht verlassen werde.

Er selbst ergab sich in sein Los, aber dem alten Mirabili schnitt es in die Seele. Der zerfallende Greis konnte nicht sterben, ohne seinen Liebling befreit zu haben.

So entschloß er sich, ohne das Wissen und die nicht zu erhaltende Einwilligung Don Giulios, etwas Wirksames, zur Entscheidung Führendes zu unternehmen. Nach vielem Denken und einigen schlummerlosen Nächten brachte er das wichtige Werk zustande. Es war ein im reinsten Latein verfaßtes Schreiben, denn die italienische Schriftsprache war ihm nicht geläufig, noch erschien sie ihm zu seinem großen Zwecke erhaben genug. Nachdem Mirabili alle berühmten Gefangenen des Altertums, besonders alle unschuldig von Tyrannen in grausamen Kerkern gehaltenen, erwähnt hatte, ging er auf Don Giulio über, den Liebenswürdigsten und Unschuldigsten von allen, und beschwor den Herzog bei dem Gerichte der Unterwelt und der Nachwelt, seinen leiblichen Bruder zu befreien, indem er persönlich seine Ketten löse und sich auf öffentlichem Markt vor dem Volke mit ihm versöhne.

Kurz, es war ein herzlich ungeschickter und unheilvoller Brief, welcher den Herzog aufbringen mußte und leider dieses ungewollte Ziel nicht verfehlte.

Schlimmer noch! Der Herzog wurde mißtrauisch. Er sah hinter dem Anschlage des Alten den des gefangenen Bruders, was freilich ein großer Irrtum war.

Er ließ Don Giulio seine herzogliche Ungnade und die Unwiderruflichkeit seines Kerkers wissen und stürzte diesen, dem damals auf einer andern Seite ein süßer Stern der Hoffnung aufgegangen war, in tieferes Elend und auf das Krankenlager.

Gleichgeblieben, wie der Kerker Don Giulios, war sich auch der Stand der flavianischen Güter, die der Fiskus zu genießen fortfuhr, da die Gerichte über deren endgültigen Besitz noch nicht gesprochen hatten. Gleichgeblieben war sich die mühselige Werbung des Grafen Contrario um Donna Angela.

Gleichgeblieben, nein, gestiegen war ihre Abneigung gegen diesen unsträflichen Freier, dem sie, aufs äußerste getrieben, verzweiflungsvoll erklärte: sie liebe die Gerechten und Tugendhaften gar nicht—mehr schon die ringenden Bösen—am meisten aber die Barmherzigen, wenn sie die Sünder mit starken Armen emporziehen; über welche unerhörte Rede Graf Contrario sich mit Recht entsetzte.

Auch der Herzog hatte zuzeiten an der Gründlichkeit des Wissens und an der kritischen Ader des Grafen kein Vergnügen mehr, besonders wenn dieser mit Kennermiene das nach neuen Erfindungen gegossene Geschütz seines Gastfreundes prüfend umwandelte und jeden einzelnen Teil des Stückes einer eingehenden und vernichtenden Kritik unterwarf.

Dann preßte der Herzog den strengen Mund zusammen und ließ den Grafen allein. Nur der Wunsch, Donna Angela, dieses Hindernis der Rückkehr des Kardinals, zu verheiraten und damit wegzuräumen, verlieh ihm die Geduld, den unermüdlichen Tadler zu ertragen, solange es sein mußte.

Selbst im Bereiche Lukrezias bestrebte sich der Graf unliebenswürdig zu werden; doch alle diese Versuche wurden an ihrer anmutigen Geschicklichkeit zunichte, wie sich eine streitsüchtige Brandung. an einem sanften Ufer verliert.

Da ihm Lukrezia ihr Wittum, die flavianischen Güter, als mögliche Mitgift ihrer jungen Base vorspiegelte, überkam ihn aus Widerspruchsgeist ein großer Ärger, das, was in seinen Augen der rechtmäßige Besitz war, einem Weibe danken zu müssen, und er erhob sich gegen dieses Ansinnen mit männlicher Würde.

Lukrezia aber, die diese Entrüstung nicht für seinen Ernst hielt, antwortete lächelnd:

"Und wenn wir beide, die wir uns darum streiten, die flavianischen Güter in zwei Hälften schnitten und friedlich unter uns teilten, den Richtern zum Verdruß?... Ich sage es nicht versuchungsweise, wie einst König Salomo, um Euer Herz zu prüfen, Ettore! Ist doch die Erde kein lebendes Kind mit einem unteilbaren Blut und Leben in den Adern, sondern bestimmt, in Stücke zerrissen, verteilt oder geraubt zu werden!"

Der Graf hätte sogleich zugegriffen, wäre er sich selbst über seine Gefühle für Donna Angela klar gewesen. Am liebsten hätte er die flavianischen Güter ohne sie besessen. Er hatte das edle Mädchen von Anfang an als ein eigenwilliges und unerzogenes Geschöpf betrachtet— doch, o Wunder, seit einiger Zeit geschah etwas mit Angela. Ihre Härte und Herbigkeit verschwand wie die einer schwellenden Frucht, die an der Sonne reift, und welche andre Sonne konnte sie gezeitigt haben als die Sonne der Liebe? Welcher Sterbliche aber konnte dieses stolze Herz besitzen, wenn nicht Graf Contrario?

Im Streite seiner Gedanken erbat er sich ein Jahr Bedenkzeit.

Während Angela, immer stiller werdend, am Hofe von Ferrara in der demütigenden Gewißheit lebte, daß der Herzog ihr Dasein als ein Übel empfand, dessen er sich gern entledigt hätte, trat Donna Lukrezia auf die Höhe ihres Glücks.

Sie hatte Don Alfonso zwei wohlgebildete und begabte Knaben gegeben, und er war ihr dafür, sie täglich höher haltend, von Herzen dankbar.

Fast ebensosehr liebte er die wunderbare Klugheit, mit welcher sie in der denkbar schwierigsten Lage, während des venezianischen Krieges, da der Herzog im Lager und die Fortdauer des Staates Ferrara bedroht war, ohne den Beistand des genialen Kardinals die Regentschaft führte.

Nicht daß dieser für das Schicksal Ferraras gleichgültig geworden wäre. Er riet und wirkte von Mailand her mit brüderlicher Gesinnung zugunsten des Herzogs, soweit seine Macht reichte. Seine Körperkräfte aber verzehrten sich darüber, und er litt an häufigen Rückfällen seines verderblichen Fiebers.

Donna Lukrezia lenkte indessen auch ohne ihn das Staatsruder nicht nur mit weitester Umsicht, sondern im entscheidenden Augenblick auch mit männlicher Entschlossenheit. So war es kein Wunder, daß Ferrara und sein Herzog Lukrezia Borgia fast vergötterten.

Aber die kühle, besonnene Fürstin führte mit Bescheidenheit ihren Triumphwagen und hörte den hinter ihr stehenden lästernden Sklaven wohl, der, nach dem Gebrauche des römischen Triumphes, ihr jegliche Schmach ihrer Vergangenheit ins Ohr raunte und nichts vergaß, was sie beschämen konnte.

Da sie nun ihren Ruf vor der Welt gereinigt und wiederhergestellt hatte, war sie auch darauf bedacht, sich den Himmel zu versöhnen. Um so mehr gehorchte sie diesem Antrieb, da sie ihre Kinder mit Schmerzen gebar und oft von einer Ahnung frühen Todes beschlichen wurde.

Sie unternahm auch dieses Werk auf eine ganz sachliche Weise. Gleichwie ihr Vater in ungeheuerlicher 'Naivität nie an den Dogmen und Wundern einer Kirche gezweifelt hatte, deren Haupt und Schande er war, hatte sich auch Lukrezia in einer geistig heidnischen Welt niemals von den kirchlichen Formen und Vorstellungen entfernt.

Verständig wie sie war, täuschte sie sich nicht über die Summe und Schwere ihrer Sünden und dachte bescheiden von ihren Verdiensten, den frommen Übungen und Almosen, die sie zwar täglich zu vermehren trachtete, die aber gegenüber der Art und Größe ihrer Schuld vor ihren klugen und scharfen Augen täglich wieder zerrannen. Sie war eine Danaide, die unermüdlich Wasser in ein rinnendes Gefäß schöpfte. Nur der Verdammnis zu entgehen hoffte sie und mit Hilfe der kirchlichen Rettungsmittel einen untersten Raum des Fegefeuers zu gewinnen. Einmal dort, so überredete sich die Kluge in liebenswürdiger Torheit, würde es ihr durch die Vermittelung der Heiligen gelingen, eine höhere Stufe zu erreichen.

Pater Mamette, den die Herzogin, sooft sie bei den Klarissen wohnte, als einen Sachkundigen in den Angelegenheiten ihrer Seele zu Rate zog, war in der göttlichen Mathematik erfahren, nach welcher die Großen klein sind und die Armen alles besitzen, und sah wohl, daß sie zu den Reichen gehörte, die schwerlich ins Himmelreich kommen. Ihr Ursprung schon, im Schoße der Kirche, mußte ihm ein Herzeleid sein. Doch nicht hierin, noch in ihrer schauerlichen Jugend, sah er den Felsblock, der ihr die niedrige Pforte der göttlichen Armut verschloß. Wohl aber in ihrer Schlangenklugheit, mit der sie sich selbsttätig durch alle Spalten emporwand.

Doch erkannte er dankbar den Segen, den ihre geschmeidige Lebensweisheit und Staatskunst dem ferraresischen Hause und Staate brachte, und im übrigen getröstete er sich mitleidig damit, daß bei Gott kein Ding unmöglich sei.

Und wenn sie ihm klagte, sie könne Gott nicht lieben, sagte er ihr, der Anfang der Werbung gebühre dem Manne, und sie müsse in Geduld und Almosen ausharren, bis Gottes Liebe um sie freie.

Im vertrauten Umgange mit dem Franziskaner ließ es sich die Herzogin nicht entgehen, ihn auch über Angelas Herz zu beraten. Sie klagte über der jungen Base eigenartiges und gegen die Kirche unbotmäßiges Gewissen, das ihr einrede, sie sei der Ursprung und die Verkettung einer Menge von Unheil, das durch keine kirchliche Buße zu sühnen sei. Diese hochmütige Trauer über eine eingebildete oder willkürlich vergrößerte Schuld sei das Hindernis einer glänzenden Versorgung, die sie für das Mädchen im Auge habe. Es sei die Pflicht Pater Mamettes, dieses übertriebene Gewissen zur Bescheidenheit zurückzuführen und ihr den Verstand des Lebens beizubringen.

Des Paters dunkle Augen lachten, als er erwiderte:

"Es ist wahr, Erlaucht, das Gewissen Eurer Base ist vorlaut und aufrichtig, wie der erste Schlag der Morgenglocke, der zur Messe ruft. Doch in einem irrt Ihr, sie scheut die kirchliche Buße nicht... ich habe ihr die richtige auferlegt."

Und er beurlaubte sich, der Herzogin den Segen erteilend.

Lukrezia ergriff in klösterlicher Demut die Hand des Franziskaners, um sie zu küssen, streifte dann aber, nachdem sie flüchtig zwischen der Hand und dem Ärmel gezaudert, mit dem zarten Munde die eigenen Finger.

Im fünften Lenz der Gefangenschaft Don Giulios suchte die Herzogin zu ungewöhnlicher Zeit die Klosterstille. Sie hatte ein totes Kind geboren und zog sich zu den Klarissen zurück, um zu trauern über das verlorene und zu danken für ihr eigenes, gerettetes Leben.

Doch nach einer Reihe stiller Tage wurde ihr Aufenthalt unversehens gestört und abgekürzt.

Die Ereignisse bewegten sich um den "vergessenen" Turm, der bisher in seiner Blätterwildnis von ihr unbeachtet geblieben war.

Eines Tages fehlte die alte Äbtissin im Refektorium bei der Hauptmahlzeit, an welcher die Herzogin mit Angela aus besonderer Güte teilzunehmen pflegte. Sie lag krank. Infolge eines plötzlichen Schreckens war ihr die Gicht aus den geschwollenen Füßen in die Brust gestiegen, und sie atmete mühsam. Die Schwestern aber waren verstört wie eine Schar hirtenloser Schafe.

In der Verwirrung vergaßen sie sogar die Klosterregel des Schweigens und erzählten sich wispernd die unglaublichsten Geschichten, die im Frühlicht dieses Tages sich im "vergessenen Turme" ereignet und die hochwürdige Mutter dem Tode nahegebracht haben sollten. Der verlarvte Prinz, der dort seit Jahren sein Wesen treibe, sei in der vergangenen Nacht entführt, andre sagten—erdrosselt worden.

Eines sei sicher, der alte Mirabili, der allein in das Verlies sich habe einschleichen können, sei vor Sonnenaufgang mit schweren Ketten beladen und mit sterbendem Angesicht am Klostertore vorübergeführt worden. Schwester Consolazione habe mit eigenen Augen gesehen, wie der jammernde Greis, mit Eisen belastet, sich kaum habe weiterschleppen können. Er habe unter unverständlichen Hilferufen die gefesselten Hände nach ihr ausgestreckt. Sie hätte blutige Tränen darüber weinen mögen.

"Wer ist dieser Vermummte, das Gespenst des 'vergessenen Turmes'?" wandte sich die Herzogin an Angela, indem sie sich mit ihr aus der verwirrten Nonnenschar des Refektoriums in ihre Zelle zurückzog. "Mirabili? Ist das nicht der Name des alten Lehrers meines Herrn und der Prinzen, seiner Brüder?... Sollte Don Giulio..."

Eine schnelle Entdeckung erhellte und beschämte ihren Geist. "Taucht der Verschollene wieder auf? Und hier? Und sie sagen, daß er schon lange da ist! Wie konnte mir das entgehen und so lange verborgen bleiben!" Ohne sich weiter um die tief errötete Angela zu kümmern, schloß sie sich in ihre Zelle ein und schrieb an den Herzog.

Sie meldete ihm, der Friede des Klosters sei durch eine Verhaftung gestört worden. Ein rätselhaftes Begegnis, dessen Erklärung allein seine Hoheit ihr geben könne, mache eine Zwiesprache zwischen ihr und ihrem Gemahl wünschbar und beendige ihren Aufenthalt bei den Klarissen. Er möge sie morgen in der ersten Abendstunde zurückerwarten.

Lukrezia verließ an jenem Abend ihre Zelle nicht mehr. Sie erkundigte sich durch eine Zofe nach dem Befinden der Äbtissin und erfuhr, Donna Angela besuche eben die Kranke, der es besser gehe. Pater Mamette sei angekommen und das Kloster in seine Ruhe zurückgekehrt.

Lukrezia wollte die Klarissen nicht verlassen, ohne den Wolf zu kennen, der die fromme Herde in Aufruhr gebracht hatte.

So beschied sie auf eine Frühstunde des nächsten Tages statt der kranken Äbtissin Pater Mamette, dessen Ankunft ihr gelegen kam, auf ihre Zelle.

Sie wollte ihn über seine geheime Mitwissenschaft an diesen Dingen, die sie vermutete und die sie ihm verdachte, zur Rede stellen und, wenn es nötig wäre, ihn mit den verfänglichsten Fragen martern.

Die Lenznacht war schwül und mit dem Dufte unzähliger Blüten beladen.

Die Herzogin fand keine Ruhe, sie erhob sich und setzte sich an das geöffnete Fenster.

Der die weiten Gastzellen enthaltende Anbau bildete eine Seite des vergrößerten Klosterhofes und war durch dessen südlichen, mit dem üppigen Laube der Feigen und Limonen dichtgefüllten Winkel von dem "vergessenen" Turme getrennt. \XDCber dem Blätterdache trat die schwere, durch Verfall und Überwucherung formlos gewordene Masse des gewaltigen Rundbaues in den Hof hinein. Lukrezia erinnerte sich, früher zur Nachtzeit eines der kleinen zwei oder drei kaum sichtbaren, auf ungleicher Höhe in die Mauer gebrochenen Fensterchen schwach erhellt gesehen zu haben. Heute war das Innere des Turmes dunkel. Von außen aber war er überglänzt von den hohen Sternbildern und an seinem Fuße umschwärmt und umtanzt vom Funkenspiele zahlloser Leuchtkäfer.

Stundenlang belauschte die Schlaflose die Stille der Nacht und das Rauschen des Hofbrunnens.

Da war es, als knickten die Zweige und rauschten leichte Tritte auf dem Rasen. Es wurde wieder still. Jetzt präludierte leise eine Laute. Und jetzt vernahm Lukrezias Ohr aus der Tiefe des Turmes und einer männlichen Brust einen sanft beginnenden und in Sehnsucht anschwellenden Gesang:

"Ich glaube, daß im Maienduft der reine
Gestirnte Himmel glänzt, ich kann's nicht schauen!
Ein einz'ger Stern darf meinen Himmel zieren...
Und, wehe, meinen Stern muß ich verlieren,
Dich, treues Weib, die Liebende, die Meine!
Mein Leben kehrt zurück in stummes Grauen!
 Der Freund war mein Verderben,
 Ich muß vergehn und sterben,
Mißgünstig schickt der Bruder mich von dannen,
In öde, fremde Kerker mich zu bannen."

Lukrezia war nicht im Zweifel, daß sie Don Giulios markige Stimme hörte; bevor sie aber die Bedeutung dieser in Wohllaut klagenden Worte erfassen konnte, antwortete eine andre Nachtigall aus den Feigenbäumen empor.

Auch diese weiche Altstimme war ihr wohlbekannt. Angela sang:

"Getrost! An diesem Tag, der schon im Osten
Den Himmel bleicht, geb ich Lukrezien Kunde
Von unsrer Treu', zerreißend feige Schleier,
Und wir begehen unsre Hochzeitsfeier,
Gemeinsam fürder Lieb' und Leid zu kosten,
Und wär' es auch in eines Kerkers Grunde!
 Willkommen, junge Klarheit!
 Willkommen, Tag der Wahrheit!
Von Haft zu Haft bis in das Reich der Schatten
Begleit ich den geliebtesten der Gatten."

Nach einer großen Überraschung und einer Aufwallung von Ärger, die ebensosehr ihrer eigenen jahrelangen Unaufmerksamkeit als dem Geschehenen galt, empfand die Herzogin, lebensklug, wie sie war, jene Beruhigung, die in der vollendeten Tatsache liegt. Denn, wie sie die Base kannte, war es für sie Gewißheit, daß der Zwiegesang am "vergessenen" Turme ein entschlossenes Opfer Angelas und eine vorangegangene Trauung bedeutete, und sie ahnte auch mit Sicherheit, welcher Priester diesen unwiderruflichen Akt vollzogen habe.

"Der gottlose Franziskaner", schalt sie ganz im Ernste, indem sie sich auf ihr Lager zurückzog, wo sie, ihr leichtes Haupt auf das Kissen legend und ihre Gedanken abwerfend, entschlummerte.

Sie schlief in den hellen Morgen hinein, und als sie erwachte, erblickte sie Angela, die mit bittenden Augen an ihrem Lager kniete.

Sie aber schloß ihre Lider noch einmal, legte das blonde Haupt auf das Polster zurück und sprach abwehrend:

"Verschone mich mit deiner Bitte, die ich ungesagt kenne... Du willst mich wieder bei den Klarissen zurückhalten, weil du der geistlichen Übungen nicht satt wirst, du Fromme! Diesmal kann es nicht sein... ich erwarte die Verfügung des Herzogs. Und liegt dort nicht schon ein Schreiben Don Alfonsos? Du hast es mir während meines Schlummers gebracht? Gib es mir gleich!"

Sie löste das Siegel und überflog die Botschaft mit raschem Blicke. Ihr Gemahl hatte geschrieben:

"Geliebte Herzogin!

Beruhigt Euch über den Vorfall im Kloster. Es handelt sich einfach um eine Torheit des altersschwachen Mirabili. Er verkehrte mit dem Blinden, der, wie Ihr vielleicht nicht wußtet, seit einigen Jahren den 'vergessenen' Turm bewohnte, ihn aber heute verläßt. Der Alte hatte sich in den Gedanken verbohrt, den Blinden, dem die Verführungskunst geblieben ist, in Freiheit zu setzen. Nachdem er vor zwei Jahren schon ein wunderliches und unehrerbietiges Schreiben an mich gerichtet, hat er vor kurzem, Torheit auf Torheit häufend, mit einer erbärmlichen Summe den Torwart zu bestechen versucht und nach einem Abdruck in Wachs einen Schlüssel des Turmes bei meinem Hofschlosser bestellt. Wenige Stunden später lag Bestechungssumme und Wachsabdruck auf meinem Tische. Ferne sei von mir, über meinen weiland Lehrer, der bei grünen Kräften mich zu meinem Heile und mit gutem Erfolg gezüchtigt hat, strenges Gericht zu halten! Er sitzt nun bei meinen Benediktinern in Modena, die ihn mit ihren Manuskripten in ihrem festen Hause aufbewahren.

Es ist gut, daß Ihr heute kommet. Graf Contrario wird mir von Stunde zu Stunde unleidlicher. Nicht genug, daß er in meiner armen Fayencemalerei ein falsches Kunstprinzip erkennt, ist er mir gestern hinter meine Drehbank geraten und hat mir mit seinen eigensinnigen Fingern eine Hauptschraube verkrümmt. Kommet, bevor er mir alles verdirbt, und bringet das Mädchen mit, daß wir sie heute noch zusammengeben und beide, nebst den flavianischen Gütern, endgültig loswerden.

Inzwischen Euer gnädiger und
Euch herzlich liebender Gemahl."

Lukrezia las diese Zeilen zwischen Lächeln und Besorgnis. "Große", sagte sie—so pflegte sie die höher gewachsene Angela scherzend zu nennen—, "reiche mir das Morgengewand und mache mich fertig, daß wir mit lauterm Antlitz und geordneten Gedanken dein Bestes erwägen, denn, wisse, von deiner Zukunft handelt dieser Brief. Der Herzog wünscht dich noch heute mit Graf Contrario zu vermählen."

Als Angela zusammenschrak, lächelte die Herzogin: "Frauenschicksal!... Bist du denn ein Heiligtum, daß du eine redliche Werbung als Beleidigung empfindest, nicht anders, als schände dein Freier einen geweihten, oder betrete wenigstens einen fremden, verbotenen Boden?

Ich habe dich aus Rom nach Ferrara mitgenommen, um dir in dieser gewalttätigen Zeit durch eine ehrenvolle Heirat eine feste und hohe Stellung zu geben, und der Graf, den wir für dich erwählt haben, bietet dir, bei einigen unangenehmen Eigenschaften, alle diese bedeutenden Vorteile. Dazu ist er ein vollkommener Edelmann."

"Edelmann?" spottete Angela, "und er würde mich heimführen ohne Liebe? Als Anhängsel der flavianischen Güter?"

"Was forderst du denn?" antwortete Lukrezia erbittert: "Willst du es anders haben, als wir alle? Was ist Männerliebe? Reiz, List, Begier, Gewalttat, Haß, Ekel!... Ich habe nie einen Mann geliebt!" So bekannte Lukrezia Borgia.

Angela schwieg. Sie wußte es anders und besser. Dann sagte sie einfach: "Aber die Liebe, die aus Reue und Mitleid stammt?"

"Das ist die himmlische", meinte Lukrezia, "ganz nach dem Katechismus!"

"Himmlisch oder irdisch!" bekannte Angela, "aus dieser Liebe bin ich das Weib Don Giulios geworden."

Die Herzogin stellte sich erstaunter und erzürnter, als sie war:

"So konntest du dich gegen mich und den Herzog vergehen, du Arge! Du stürzest dich in die Schmach und das Dunkel, statt, wie es jedem edeln Weibe geziemt und angeboren ist, hoch und höher zu streben und durch verborgene Klugheit das Leben zu beherrschen! Du aber, Niedrige, suchst den Kerker eines Blinden und Verurteilten."

"Wie ich mich so erniedrigen konnte, will ich dir erzählen, Lukrezia", sagte Angela stolz und demütig.

"Am Abend, da Strozzi ermordet wurde, und ich zu dir ins Kloster floh, sah ich, wie Don Giulio in den 'vergessenen' Turm gebracht wurde, und schon damals hafteten meine Blicke an den erbarmungslosen Mauern und trugen mich meine Füße unter das im Grün verborgene Gitterfenster. Schon damals hätte ich gerne zu ihm geredet, aber die Stimme versagte mir.

Im Herbste dann, zur Adventszeit, erreichte sie ihn. Der Nordwind hatte einen Haufen welken Laubes ergriffen, wirbelte es empor und jagte es durch das Kerkerfenster zu dem Este hinein, so daß die morschen Blätter ihn raschelnd überschütteten und, wenn er danach tastete, in seinen Händen zerbrechen mußten. Da erschien es mir unendlich grausam, daß die Natur dem Elenden ihren Tod über das Haupt streute. Ich erhob meine Stimme und rief:

'Don Giulio, Euer Unglück ist da! Es folgt Euch in Liebe.'

Er aber erkannte meine Stimme und antwortete: 'Sei mir willkommen!...' Damals und später, sooft ich mich ihm nähern konnte, erklärte er mir sein Inneres folgendermaßen:

'Als du mich einst in Pratello aufstörtest' sagte ich dir, du könntest Vergangenes nicht ändern und meine Augen nicht wiederschaffen; aber jetzt sind mir geistige aufgegangen. Ich sehe' —er lächelte—'ich sehe mit ihnen, daß, wenn mich dein zufälliges Wort geblendet hat, es zu meinem Heile geschah; zwar auf eine schmerzliche und gewaltsame Weise, wie eine Mutter ihr schreiendes Kind einem Räuber aus den Armen reißt! Denn ich wäre in dumpfer Lust zugrunde gegangen, während ich jetzt mit hellen Sinnen lebe, wenn auch als ein Verminderter, da mir das edle Augenlicht genommen ist und ich beschränkt bin auf ein dunkles Tagewerk. Nur sehne ich mich freilich nach der Waldluft und dem Erdgeruch meines Pratello und auch nach den Hunderten, die es bebauen und denen ich gerne ein guter und gerechter Vater wäre.'"

Und Angela begann mit überschwenglichen Worten Don Giulios neues Wesen zu preisen und auch, ihr Glück... Doch das Unaussprechliche ließ sich nicht sagen, und sie schloß damit, Lukrezia zu umhalsen und bis zum Ersticken zu küssen.

Während sich diese der Umarmung zu entziehen suchte, trat Pater Mamette mit schuldlosem und hellem Angesicht ein.

Die Herzogin aber wandte sich entrüstet gegen ihn.

"Ruchloser Mönch!" redete sie ihn an, "wie durftest du es wagen, deinen Herzog mit so frechem Eingriff in seine vormundschaftliche Macht über diese hier zu beleidigen?"

"Ihr meint, erlauchte Frau, damit, daß ich Don Giulio d'Este mit Donna Angela Borgia getraut habe?" sagte er bescheiden. "Ich tat es im Dienst einer höheren Gewalt als der des Herzogs. Es handelte sich um das Leben Don Giulios und um den Frieden dieses Herzens"—er blickte auf Donna Angela.

"Im Grunde des 'vergessenen' Turmes liegt eine enge Kapelle, die zum Dienste der Gefangenen bestimmt ist und durch ein hochgelegenes, schmales, mit schweren Eisenstäben vergittertes Fenster kaum erhellt wird.

Dorthin führe ich allsonntäglich Don Giulio und lese für ihn die Messe. Da erhob ich einmal vor Jahren während der heiligen Gebräuche den Blick zum Fenster, wo sich etwas, wie die Schwinge eines Vogels, geregt hatte. Zwischen dem grünen Blattwerk sah ich braunes Kraushaar und zwei andächtig leuchtende Augen. Es konnte ein Engel sein, welcher der heiligen Messe beiwohnte... er störte mich nicht.

Als ich dann den Kerker verließ, begegnete mir in der Klosterkirche Donna Angela, deren Beichte ich hören sollte.

Ich erschrak bei ihrem Anblick; denn ihre Stirne trug in tiefen blutroten Striemen das 'Zeichen des Kreuzes. Was konnte es anders sein als der Eindruck des Fenstergitters der Turmkapelle? Ich erriet, daß die Jugendliche, das verschlungene Geäst der Feigenbäume benützend, im Laubdunkel verborgen, die Stirn auf die harten Eisenstäbe gestützt hatte, um in die Kapelle hinunterzublicken.

In ihrer Beichte quoll ihr Elend empor. Tiefer und blutiger, als es auf ihrer Stirne stand, hatte sich das Gefängnis Don Giulios in ihr Herz eingeschnitten. Die ganze Schuld an der Blendung des Este und nicht minder die Schuld seines Hochverrats lag auf ihrem Gewissen. Sie war die Ursache seines Kerkers.

Sehnsüchtig verlangte sie nach einer Sühne, die unmöglich war, und nach einer Buße, welche die Höhe ihrer Schuld niemals erreichen konnte. Seine Augen konnte sie nicht neu schaffen, und ihr Verlangen, wenigstens, mit ihm verurteilt, sein Kerkerdunkel zu teilen, konnte ihr die irdische Gerechtigkeit nicht gewähren. Aus diesem Inhalt ihres Herzens erkannte ich ihre große Liebe zu Don Giulio: Denn Liebe schlägt gering an, was sie gibt, hoch, was sie verschuldet, und bedarf einer großen Vergebung.

Was aber das Recht nicht verleihen kann, das gewährt die Barmherzigkeit der Kirche. So mußte und durfte ich unwürdiger Priester durch das Sakrament der Ehe die beiden in eine Schuld und in eine Buße vermählen.

Das Staatsgesetz übertraten sie bei der Trauung in keiner Weise. Der Gefangene verließ den Turm nicht, er stand in der Kapelle, und Donna Angela stützte wieder ihre Stirne an das Gitterkreuz, durch welches die von mir gesegneten Ringe gewechselt wurden..."

"Solche Ehe ist verwerflich und ungültig", behauptete die Herzogin empört.

"So blieb es", fuhr der Franziskaner ruhig fort, "bis Don Giulio nach dem unglücklichen Briefe Mirabilis von einem verderblichen Fieber aufs Lager gestreckt wurde. Wie war es möglich, die Eines Gewordenen im Sterben zu trennen!... Er genas unter Donna Angelas Pflege. Die Ehe blieb verborgen, da Angela damals länger als sonst und allein bei den Klarissen blieb, während Eure Erlaucht zur Zeit des venezianischen Krieges in Abwesenheit des Herzogs vom Morgen bis zum Abend dem Wohle des Staates lebte. Die Stunde der Entdeckung stellte ich, wie unser ganzes Los, in Gottes Hand."

"Das Eurige könnte leicht ein schlimmes werden, ehrwürdiger Vater, wenn ich mich nicht herablasse, bei Don Alfonso für Euch einzutreten und fürzusprechen!" sagte Donna Lukrezia mit einem Zuge der Verachtung um den feinen Mund.

"Tut, was Ihr dürft!" erwiderte der Franziskaner und beurlaubte sich.

Als am Abend in der Dämmerung die Sänfte der scheidenden Herzogin, aus dem Kreise der Nonnen fortgehoben, ins Freie trat, erschien vor dem Tore des "vergessenen" Turmes der Pater noch einmal. Mit erbleichtem Angesicht hielt er die Träger auf und flüsterte der Herzogin zu:

"Der Gefangene ist verschwunden. Ich weiß, daß der Hauptmann der herzoglichen Leibwache verlarvt bei ihm erschien und ihn unter einer dunkeln Maske weggeführt hat. Tretet für ihn ein, Madonna, wie Ihr es mir verhießet!"

Als die beiden Frauen den erleuchteten Festsaal der Burg betraten, fanden sie dort Don Alfonso, der, die Herzogin erwartend, auf und nieder schritt und sich zuweilen mit einem Blick und einem Rat an der Schachpartie beteiligte, welche ein grauer Höfling mit langer ehrwürdiger Nase gegen den Grafen Contrario spielte.

"Schach und matt!" krähte der Graf triumphierend und trat, während sein Gegenpart vernichtet auf das verlorene Spiel starrte, den Frauen ritterlich entgegen.

Aber schon hatte der Herzog Donna Lukrezia zu einem entfernten Ruhesitz geführt und begann, nachdem er sie kurz begrüßt hatte, ihr ein Schreiben mitzuteilen. Es kam aus Mailand. Der Kardinal Ippolito hatte es mit zitternder Hand geschrieben, und es lautete:

"Geliebtester Bruder, ich bereite mich zum Sterben. Ein inneres Geschwür tötet mich. Ich leide unerträglich. Mich quält der Gedanke: Vielleicht könnte ich leichter scheiden, wenn Don Giulio, mit dem ich mich oft beschäftige, seinen Kerker verließe.

Erweise mir diesen letzten Dienst und lebe wohl."

"Du begreifst", sagte der Herzog, "daß ich sofort willfahrte. Aber wohin nun mit dem Blinden? Gib mir deinen Rat, Lukrezia, was ich mit ihm anfange. Er wird sogleich hier erscheinen. Ich habe Befehl gegeben, mir ihn vorzuführen."

"Das Schicksal hat sich seiner angenommen", sagte sie. "Erstaune! Seit zwei Jahren ist er vermählt. Zur Schande meiner Klugheit sei es eingestanden, mit meiner aus der Art geschlagenen Base, die im Schatten unseres Klösterchens den 'vergessenen' Turm besuchte. Strafe gehört ihr. Wir grenzen die beiden im Gebiete von Pratello ein und geben ihm Angela zur Hüterin."

Ein wunderliches Gemisch von Entrüstung und Befriedigung erschien auf den Zügen des Herzogs. "Doch was fangen wir mit diesem an?" sagte er höhnend und deutete auf die Mitte des Saals, wo der Graf in längerer und sorgfältig begründeter Rede um die Hand der verstummten Angela warb.

Jetzt aber öffnete sich die Tür, und der Blinde erschien auf der Schwelle.

"Vergebt, Herr—da ist mein Gemahl!" rief Angela selig und eilte zu ihm.

Don Giulio trat ein mit einer leichten Binde über den Augen, aber mit sicheren männlichen Schritten, von Angela unmerklich an der Hand geführt.

Er erreichte den Herzog, bog das Knie, faßte seine Hand und sprach:

"Bruder, ich habe mich schwer an dir vergangen, da ich dir..." vielleicht wollte er sagen "nach dem Leben stand"—aber der Bruder ließ den Bruder nicht ausreden, sondern hob ihn zu seinem Munde empor, und die Männer küßten sich und überschwemmten sich mit Tränen.

Der Herzog faßte sich bald.

"Mein Wort bleibt!" sagte er. "Du bist mein Gefangener im Umkreis deines weiten Pratello, und diese setze ich dir zur Hüterin."

"Er wird Euer Gebot nicht übertreten", sagte Angela. "Weder dort noch anderswo; denn seinen dunkeln Kerker kann er niemals verlassen. Er trägt ihn überall mit sich."

"Nicht wahr, Bruder", bat Don Giulio, "du tötest mir meinen alten Mirabili nicht?"

"Was denkst du von mir, Julius? Ich sollte einen Mann töten, der uns die stoische Weisheit gelehrt hat!... Er sitzt wie im Paradiese bei unsern gelehrten Benediktinern in Modena!"

Graf Contrario hatte Mühe, an das zu glauben, was er vor sich sah. Er empfand nur den dunkeln Trieb, dem leidensvollen Paare etwas Unangenehmes zu sagen. So warf er noch zwei Steine, die sich aber in Rosen verwandelten.

Er wandte sich zuerst an den Blinden.

"Ich wünsche Glück, Prinz!" sagte er. "Aber erlaubt mir den Mut meiner Meinung. Ich denke, ein wahrer Edelmann, ein ganz vollendeter Edelmann hätte sich wohl gefragt, ob es zart gehandelt sei, wenn ein Blinder eine Sehende an sich fesselt und sie mit verliebten Armen selbstsüchtig in sein Grab niederzieht. Blieb Euch das verborgen oder von Euch unerwogen?"

"Graf!" antwortete Don Giulio glücklich, "sie nahm mir die Augen und gibt mir dafür die ihrigen. Sie gibt gern, und ich nehme gern. Sie ist selig im Geben und ich im Nehmen."

Angela aber jubelte im Übermaß der Liebe: "Deine schönen blauen Augen werden wieder erstrahlen, mein Geliebter:... Du schicktest mich einst fort aus Pratello, weil ich sie nicht neu schaffen könne. Deine Augen werden heller und jünger leuchten als zuvor... aus dem Angesichte deiner Kinder, wenn sie mir Gott gibt!"

Sie erschrak über ihre Kühnheit und wurde Glut.

Darauf warf der Graf seinen zweiten Stein. "Madonna", tadelte er, "es gibt Dinge, die eine gebildete Dame kaum zu denken wagt, geschweige, daß sie solche ausspricht!"

Angela antwortete mit festlichen Augen—schade, daß der Blinde nicht hineinblicken konnte!—: "Was wollet Ihr, Graf? Ich bin eine Borgia und bleibe eine Borgia, da müsset Ihr mir schon etwas zugute halten."

Es entstand eine Pause. Graf Contrario aber wandte sich mit edelm Entschlusse an die Herzogin. "Erlauchte Frau", sagte er, "ich willige in die von Euch vorgeschlagene Teilung der flavianischen Güter."

CPSIA information can be obtained
at www.ICGtesting.com
Printed in the USA
LVHW041553081222
734780LV00030BA/1169

9 789356 711136